雪落东京

[日] 渡边淳一 著　　时卫国 译

青岛出版集团 ｜ 青岛出版社

風のように・不況にきく薬 by 渡辺淳一

Copyright © 1999 by 渡辺淳一

Simplified Chinese edition copyright © 2023 by Qingdao Publishing House Co.,Ltd.

This edition arranged through Chuzai International Co.,Ltd.

All rights reserved.

简体中文版通过渡边淳一继承人经由中财国际株式会社授权出版

山东省版权局著作权合同登记号 图字：15-2017-237 号

图书在版编目（CIP）数据

雪落东京 /（日）渡边淳一著；时卫国译 . —— 青岛：
青岛出版社 , 2023.8

ISBN 978-7-5736-1318-9

Ⅰ.①雪… Ⅱ.①渡… ②时… Ⅲ.①随笔—作品集
—日本—现代 Ⅳ.① I313.65

中国国家版本馆 CIP 数据核字（2023）第 124234 号

书 名	XUE LUO DONGJING 雪落东京	
著 者	[日]渡边淳一	
译 者	时卫国	
出版发行	青岛出版社	
社 址	青岛市崂山区海尔路 182 号	
本社网址	http：//www.qdpub.com	
邮购电话	0532-68068091	
策 划	杨成舜	
责任编辑	初小燕	
封面设计	末末美书	
照 排	青岛可视文化传媒有限公司	
印 刷	青岛双星华信印刷有限公司	
出版日期	2023 年 8 月第 1 版　2023 年 8 月第 1 次印刷	
开 本	大 32 开（890 mm×1240 mm）	
印 张	6	
字 数	102 千	
印 数	1—6000	
书 号	ISBN 978-7-5736-1318-9	
定 价	39.00 元	

编校印装质量、盗版监督服务电话　4006532017　0532-68068050

上架建议：日本·文学·随笔

前言

本书是渡边淳一先生的随笔作品集，题材广泛，意蕴生动，匠心独运，色彩斑斓，反映了作者对社会现实和人生舞台的真实感受。内容涉及自然风貌、社会文化、医疗保健、生活习俗及创作体验等方面，视野开阔，挖掘深入，自成一家，由此推演出五光十色、精彩纷呈的大千世界。作品对现实和过往的审视与反思，既严肃认真又不失诙谐，可谓妙语如珠，相映成趣，是关注社会、讴歌生命、匡扶正义的上乘之作。

本书展现了作者在约三年的时间里对社会事物的集中观察与思考，丰富多彩，洋洋洒洒，有对环境和物质变化的诧异与焦虑，有对城市功能脆弱的担忧和警告。他特别关注民众生活的细微变化，对新生事物充满好奇，甚至把环境遭到破坏而政府缺乏整治之策的现状付诸笔端。其对现实人生和社会环境的考究一直贯穿着坚定的信念，大气磅礴，并对时弊展开尖锐的批判。作品充满正能量，引起读者强烈的共鸣。

生活环境和世间万物随着时代的发展而悄然变化。瓜果蔬菜长得高大漂亮，却失去原来的味道。比如西红柿、黄瓜，颜色鲜亮，却缺乏自然生长的味道。生猛海鲜与比往相比，也显得寡淡无味。作者认为以前入口的东西味道地道纯正，吃起来令人回味无穷。数十年来社会变迁，动植物也随之改良，改来改去，有的不仅改变形状，还失去原来的味道，令人感慨万端。一切事物都应遵从自然规律，不应打着文明或科学的旗号漠视自然法则。作者严肃指出，人的任性导致食物的不良变化，今不如昔，责任在人，不在物！

东京是日本最大的城市，也是政治、经济和文化中心。其人口众多，设施齐全，生活条件优越，而问题也相对比较突出。一场突如其来的大雪能使城市陷于瘫痪：航班被取消，车船停运，交通寸断，居民生活大受影响……现代化国际城市竟如此不堪一击，令人无语。现代人过惯了安逸的生活，养成怠惰的习惯，遇到紧急情况就会不知所措。作者疾呼，要居安思危，敬畏自然！仅用一个雪耙或一条胎链就能应对大雪的袭击，却事前不做任何防范！东京人的矫情和傲慢暴露无遗，这真是要不得。

茫茫人海，世事难料，明天和意外不知哪个先到：有亲戚患病住院，作者欲去探视，其家属说并无大碍，结果不几日传来噩耗——斯人已逝！作者顿感悲凉，悔不当初。以此提醒人们：老人年事已高，纵然身体硬朗，在环境变化面前也很脆弱，甚至连气温的微小变化都难以适应。尤其在生病之时，应多多给予关心，否则会遗憾终生。作者的父亲就是因病而猝然长逝的，在给作者带来突如其来的精神打击的同时，留下了"子欲养而亲不待"的遗憾。

新干线是日本的主要交通工具之一，也是利用率最高的城际铁路。高铁客运有时拥挤，有时空闲。空闲之时，乘客可随意落座。有的持票者看到有人正坐在自己的座位上闲聊，便当仁不让，非要"对号入座"，逼走这个人。结果是被逼者意犹未尽，无可奈何地让座，与其闲聊者不得不陷入沉默。作者认为，人与人之间，太过通融令人困惑，太不通融同样令人困惑。车上乘客少，完全没有必要"对号入座"，择位而坐于人于己两相便利，何乐而不为？

时代在发展，生活在改善，有些人却无家可归，被迫蜗居在城市一角。这些人跟不上时代的发展，找不到工作，无栖身之处。政府却借口净化环境将其驱离，并未为其提供栖居之所。这些被城市遗忘的人各有难言之隐：或在原单位遭受排挤，被迫辞职流浪街头；或与家人反目成仇，背井离乡另谋生路。作者认为，社会高速发展，既有成功者，也有失败者。政府应对其施以人道主义关怀，建造廉价公寓，妥善安置，以免其流落街头，这才是真正的净化环境，也是政府的应尽之责。

日本是礼仪之邦。每到年底，人们会互寄贺卡，这是一道亮丽的风景线。一般用贺卡互致问候，共迎新年。服丧者则既不授卡，也不受卡。古来如此，并不鲜见。然而，服丧者在不授受贺卡期间，却去卡拉OK消遣；有的人因远房亲戚故去，拘泥于形式也不发贺卡。作者认为，无论是谁，在服丧期间，都应与外界保持沟通，贺卡是与他人联系的纽带，应充分利用，互通有无。或表达情感，或直抒胸臆，或互诉衷肠，或汇报近况，拉近与对方的感情，维持必要的交往。

每逢春风吹得樱花绽放，人们会从四面八方聚集到京都赏樱。大街上人头攒动，熙熙攘攘；寺院内人满为患，拥挤不堪。寺院为招徕游客，为樱花添加七彩灯光，樱花之美被烘托到极致。游客趋之若鹜，每当华灯初上之时，人们便欢呼雀跃，惊叹樱花之美，却忘了寺院乃肃穆、静谧之处。不得已，游客排成长队缓缓而行，犹如被羁押般接受导游管制，实在是大煞风景。人们在"请不要拥挤！"的提醒声中，蜻蜓点水般匆匆赏樱，根本无法领略樱花的浪漫与风流。作者对此深感遗憾。

本书围绕社会的各种问题次第展开，要言不烦，字字珠玑，娓娓道来，引人入胜。不仅有宏观考察和微观探求，而且有栩栩如生的描绘和铿锵有力的呼唤，还有撼人心魄的远见卓识和发自肺腑的谆谆告诫。文笔奇崛，如乱石穿空，滔滔不绝。有的记述娓娓道来，润物无声；有的记述直截了当，无所顾忌；有的记述委婉动听，沁人心脾；有的记述慷慨激昂，不容置疑。整部作品展现出宏大的气魄、崇高的境界、非凡的眼界和诚挚的情怀，给读者带来强烈的震撼。

作者以社会舞台与人生际遇为线索，展开全方位的把握与透视，以开阔的胸襟、超前的理念、灵巧的构想和深邃的论断，展卷把玩，含英咀华。其独到的洞察、新颖的见解、透彻的阐述和深刻的辨析，非常容易引起读者的阅读兴趣。作品内涵深厚，趣味高雅，很具可读性和启发性。无论是对现状的分析，还是对未来的畅想，都显露出作家特有的气质与才华，铺展着文学大师卓越的境界和超群的睿智，而其针砭时弊的勇气和坚不可摧的信念更是带给读者一种动力，鼓舞着读者思考和求索。

本书汇集了作者于一九九五年夏至一九九八年初夏发表在《现代周刊》的随笔作品。本译本取自讲谈社一九九九年十月十五日发行的文库本第一版。

时卫国

二〇二〇年九月

目 录

物种在演变

如果现在吃一下人肉，味道会怎么样呢？

说这样的话，也许会招来很多人的嫌弃："你想干吗？太不像话啦！"

希望大家不要误解我的意思！

我是设想"假如自然界有专吃人肉的怪物……"。

如果真有这种怪物，它们会感觉到近年来人肉味道的变化吗？

也许无论我怎么说明，都会被别人指责"你太可笑啦！"。

其实，这是我周末哪里也没去，在家中躺着睡觉时突然闪现的念头，希望大家不要吹毛求疵！

我当时突发奇想：为什么人类总是去捕捉大自然中的其他生物并加以烹饪，且食谱非常宽泛呢？

如果人类站在自己被捕捉、被烹饪的立场上考虑呢?

也就是说,换位思考可能会产生与原先截然不同的观点。

就从吃鲱鱼说起吧。

以前,特别是二战后不久,北海道粮食供应不足,所以人们经常吃鲱鱼。

当然是原封不动地烤一条生鲱鱼,烤熟了浇上酱油吃。

当时的鲱鱼身上油多,用火一烤,油就"滋滋"地往外冒、往下滴,烤鱼的金属网甚至会燃起火焰。

烤鲱鱼很好吃。市场上卖鲱鱼的比比皆是。

每顿饭的米不足,吃两三条这样的鲱鱼就饱了,热量也足够。因此,自己在那个闹粮荒的年代没怎么觉得挨饿,很顺利地熬过来了。

然而,现在鲱鱼的供应情况发生了变化。

以前在北海道西侧的海域,数不清的鲱鱼成群结队,据说有的区域因雄鲱鱼在交配时排泄了大量的精液而变成了乳白色。然而,现在这一带已难觅鲱鱼的踪影。

现在市场上供应的鲱鱼大多产于太平洋东部或俄罗斯近海。

这种鲱鱼很不好吃，主要是没有油，干巴巴的，吃起来有种长期冷冻保存过的鱼的感觉。就是用火烤，也没有油珠滴下来，更不用说烤鱼网会燃起火。

对于当年吃过烤鲱鱼的人来说，现在吃的哪是鲱鱼，应该说吃的是像鲱鱼的鱼，当然就不想买着吃。

想不到仅仅过了四五十年，鲱鱼竟发生了如此大的变化。

物种的变化，也发生在水果和蔬菜上。

比方说苹果，过去给人的印象是青而酸。现在的苹果却是个大味甜，甚至甜得令人发腻，有时连一个都吃不下。

西红柿也是，过去的西红柿有一股独特的味道，咬一口汁液就流出来，酸甜可口，个头也大小不一。

现在的西红柿外观非常漂亮，个大，红得透亮，却没有西红柿那独有的味道，只是让人觉得自己在吃一种色红、无味、有水分的东西。

至于黄瓜，大部分直而细长，好看却没有清香的气味，和带点绿色的细长萝卜相差无几。

这些果蔬是从何时变成这样的呢？

当然，冲水果和蔬菜发牢骚没用。

因为这是人类根据自己的需要使之变成了这样的东西，它们并无责任。

许多物种在几十年间发生如此大的变化，让人细思极恐。造物主是以怎样的心态注视着这些变化呢？

若干物种在变化，而人类又是怎样变化的呢？

假如自然界真有喜欢吃人的怪物，它会怎么说呢？

可能它会这么说吧："哎呀，现在的人嘛，已经完全变了。"

虽说都叫作人，但以前的人有倔强的，有油腻的，还有撒娇的、叛逆的，可谓形形色色。

有的人生命力特强。剥下他的皮，他还会对抗；拧掉了手脚，心脏还在跳动。

若是将这些家伙用火烤，估计油会"滋滋"地往下滴，无论是煮还是烤，都有人独特的味道，很值得吃。现在的人却变化大了。

现在的人身材细长，面目也相当漂亮，过去那种流着鼻涕的小家伙和手脚受伤溃烂的家伙基本不见了。

现在的人看着好看，吃一下却十分乏味。

是因为成长条件太好，还是因为过分保护？不像是能吃的东西。

总之，过去那种有特殊味道、有一定"吃头"的人变少了。

特别是年轻人，更差劲。男的不鲜活，浑身上下净是脂肪，而女的骨瘦如柴，青筋暴露，显得很寒酸，怎么看也不像是可口的东西。

看来今后不宜简单地使用文明或科学这一药剂来育人啦，要在自然条件下放养和培育人类这一物种。

出产这样的人类会费工夫，而且形状和大小各不相同，但这种真正富有人味的人才是好人，才是"可口"的人。

隐匿在森林深处的食人怪兽或许边说着这样的话，边注视着人类的发展。

关于"初"字

"过年好！"

当自己写下这句问候语时，才猛然意识到这是今年写的第一篇稿子。

怎么表达更准确呢？说第一篇稿子尚可。不过，好像说首次写稿更合适。

可还有"新春试笔"这个词，好像这个词更准确。新春试笔是新年后第一次执笔，意指写书或绘画，这个词的用法更广泛一些。

日本的汉字使用相当便利，用上"初"这个字，就可以理解成一切都在年初进行。

比如说"初梦"，就是指正月元旦晚上到第二天晚上所做的梦。

经常有人认为除夕^①之夜所做的梦叫初梦，这是错误的。

也许有人会认为：除夕夜观看红白歌会^②，听到除夜的钟声才就寝，时间已步入元旦。在元旦凌晨做的梦，叫初梦。

理论上的确如此，但规定是从元旦之夜到次日所做的梦，元旦凌晨所做的梦不能称为初梦。

在这规定之前，好像初梦是指立春之日的黎明所做的梦。

据说在江户时代曾有人提议将二号到三号所做的梦叫初梦。如果这样，问题就变得有点儿复杂了。

过去的人还拘泥于初梦的梦境，说"第一是梦到富士山，第二是梦到鹰，第三是梦到茄子"，即梦到富士山最吉利，其次是梦到鹰，再次是梦到茄子。

据说为了做这样的吉梦，有人把宝船图放在枕下，还有人将画着貘的画铺在枕下睡觉，这已成了风习。

然而，并不是因此就能做吉梦，有的人还会做凶梦。如果将做梦限于某个时间段，肯定会出问题。

---

① 除夕：此处指日本除夕。日本人把 12 月 31 日称为"大晦日"，也就是除夕日。

② 红白歌会：日本广播协会（NHK）于 12 月 31 日晚播出的音乐节目，相当于中国的春晚。

因此，后来就扩大了范围，除了元旦之夜，只要是正月头三天所做的梦，都算初梦。

各位读者做过什么样的梦呢？如果梦境不太好，待立春的黎明前还可以做，可期待那一天。

这个"初"字，还有若干处用到。

比如说"初历"，是指过了年第一次翻历书。过去翻的是日历，每天翻一次，可能比当下使用月份牌的感受更贴切和真实一些吧。

"初澡"，是指年后第一次沐浴。

过去，整个除夕夜都烧洗澡水，因次日休息，洗个初澡，顿感精神焕发。

这"初澡水"还叫"初浴水"，有浸入水中就能恢复活力的意思。

另外还有"初手水""初灯"等。初手水是指元旦清晨从井里汲上来的水，用来清洗脸颊。像现在这样用现成的自来水洗脸，根本无法体味这种风情。

"初灯"又叫"初明灯"，是指正月里首次在神或佛前供的照明灯。神前不用说，佛前也能供到，但现在基本上听不到这个词了。

"初发"又与"初结"和"初岛田式发型"相关联,是指年后首次梳扎起来的日本式发型。

"初镜"又叫"初妆",指新年首次对着镜子化妆。

"初梳"又叫"梳初",是指新年首次梳头。

"初釜"不用说,就是新年首次举行的茶道会。

仅仅看到这些文字,就感觉美好时代的美好春景浮现在眼前。

另外,"初帚"是指首次拿着扫帚大扫除,如果是现在,就要叫"初用除尘器"吧,可这样就缺乏了新年的那种清爽。

话虽如此,现代文明的某些机器设备也被加进了表示季节的词语当中,比如初次打电话、初次拍照等。

"初次发信"是指发贺年卡,过去是在岁月更新之后才写。

"初旅"是指新年第一次旅行,由此产生了"初乘""初次驾车""初乘电车""初乘飞机"之类的词语。

初乘什么都赶不上过去初乘摆渡船的情趣。

查了一下,"初"字不是冠在前而是缀在后的词,以前曾出现过,数量也不少。

比如"仕事初①"，"稽古初②""舞初③""弹初④"等词。

另外，"谣初"是指新年初次唱遥曲，"生初"则表示新年初次插花。

还有，"笑初"是指新年初次笑。对于尚未初次笑的人来说，应该赶紧去找开心的事。

有"笑初"，当然就有"泣初"。不言而喻，这是指新年第一次哭泣。

过去的父母会告诫哭泣的孩子，说刚过年就哭，会哭一年的。

"话初"是指新年初次与人交谈。年后尚未开口讲话的人，要赶紧找个人说话，否则会度过令人寂寞的一年。

总之，"初"这个字表示新年或年后首次，含有可贺的意蕴，但也并非无论什么加上"初"字都好。

比方说，"初病⑤""初入院⑥"等。

---

① 仕事初：意思是"新年初次工作"。

② 稽古初：意思是"新年初次练习"。

③ 舞初：意思是"新年初次跳舞"。

④ 弹初：意思是"新年初次弹奏"。

⑤ 初病：意思是"新年初次生病"。

⑥ 初入院：意思是"新年初次住院"。

还有不值得欢迎的"初失恋^①"和不值得赞赏的"喧哗初^②"等。

进一步说，"怠初^③"和"误魔化初^④"等更令人困惑，令人忌惮的则是"倒产初^⑤"。

当然啦，希望今年不缺少年后的初次参拜，以迎来光明的一年。

---

① 初失恋：意思是"新年初次失恋"。

② 喧哗初：意思是"新年初次吵架"。

③ 怠初：意思是"新年初次怠惰"。

④ 误魔化初：意思是"新年初次蒙骗"。

⑤ 倒产初：意思是"新年初次倒闭"。

雪落东京

从一月八日下午开始，关东一带下起了大雪，大雪使首都圈变成了一片白茫茫的世界，由此引发了各类事件。

人们对此非常慌张，看看市井的混乱程度便可知晓。确实，这座城市给人以被冠名为大雪的怪兽撕碎了的恐慌感觉。

即使到了写这篇稿子的十一日这天，小道上的积雪仍未消融，行驶的车辆仍处于打滑的状态。

时间已过去了三天，后遗症好像还未消除。

大雪从八日下到九日，一直未停歇。据说大雪导致约二百三十万人受灾，羽田机场起降的六十五个航班被取消，约一万人受到影响。

由这场大雪导致的交通事故频发，到九日早晨已出现110

报警案件三百余件，因跌倒而受伤的人已超过五百名。

受这场大雪的影响，运入首都圈的大批物资受阻，筑地鱼市上的沙丁鱼供应量比前一天减少约八成，菠菜减少约四成，延误配送的贺年卡约三十四万张。

以上只是九日夜间到十日早晨见诸报端的消息，加上无法用数字表达的灾害损失，此次大雪造成的损失似乎相当大。

比如说八日晚上，在银座喝酒的人，有的因电车和出租车都停运，想住旅馆又处处满员，只能步履蹒跚地走十多公里路回家。

据说校址在郊外的一些大学生，返校途中因公交车停运，改去车站坐电车，电车也停运，无奈之下，有的只能赖在公交车内过夜，有的则到附近的便利店内过夜。

他们这么做，公交车司机和便利店的老板只能默默接受。

说起来令人困惑，东京为何经不住一场大雪的侵袭呢？

说是大雪，其实八日到九日这两天所下的雪，东京都中心不过二十四厘米，周边也不到三十厘米。

明确地说，东北地方和北海道的人听说这里积雪成灾，一定会发笑。

因为在这些地区的暴雪地带，一个晚上积雪五十到六十厘米并不稀奇。

比如新潟县发布的大雪预警，在预计沿岸区域积雪超过五十厘米、平原地区超过七十厘米、山坳地段超过一百厘米时才会发出。

而东京在二十三区积雪超过二十厘米、多摩地区超过三十厘米时就会发出大雪预警。

二十厘米和五十厘米，后者是前者的两倍多，而地方的那些人对积雪司空见惯，仍会毫不介意地去上班，一如往常。

为何东京下这么点儿雪就成灾了呢？可能地方的人们会不理解，其实这不足为怪。

人们常说"有备无患"，而东京的人对于落雪成患毫无戒备心理。

要是说谁家里备有雪耙和铁锹，人们就会觉得很稀罕，没备的反倒觉得平常。

包括开车，基本上没有人预备防滑链子和防滑轮胎。

即使预先知道要下大雪，也不会十分认真地加以防范。

他们认为下了雪很快就会融化，没什么大不了的，仍然会怀着无所谓的心态出门，最多带把雨伞。

无论是国有铁路还是私营铁路，都不认真维护铲雪车，配备的除雪人员也不足。公共汽车站或出租汽车公司也不会要求司机在下雪之前装上防滑链条或换上防滑轮胎。

总之，与其说对雪灾无防患意识，不如说从一开始就没把下雪放在眼里。

抱着这样的心态，即使降雪二十厘米厚，人们也会束手无策。

然后就是各种事故频发，任凭大雪蹂躏。

与其说东京人对雪灾反应迟钝，不如说他们对雪灾不设防。

其最大的原因是有傲娇心理：即使下雪受困，最多也就一两天，只要熬过这一两天，就会有办法。

其他地方的人是用什么样的眼光看待东京发生雪灾的呢？

他们认为，东京是日本的首都，这座特大城市非常容易发生混乱和瘫痪。

从电视台和无线电台一直都在播送雪灾信息就可以看出这个问题，当然电视台和无线电台也详细播报各处的受灾状况。

八日晚上的电视专题非常详细地报道了东京的街景，以致让人产生错觉：当下东京是发布戒严令了吗？

从地域而言，东京只是日本很小的一部分，那几天全国其他地方基本上都未发生雪患，度过了一个个平静的夜晚。

远方的人们一定会有疑问，不，一定会很不快地注视着东京：为何只有这个地方下大雪并产生那么大的祸患呢？

当然也会产生与己有关的联想：我们这里因下大雪而伤脑筋时，东京的媒体用一行字或一句话就打发掉，现在却……

明确地说，对于居住在多雪地区的人们来说，东京因下大雪而混乱是再荒唐不过的事了。

在得知原因是东京人的傲娇和怠慢时，会更加气愤。

不就是备好一个雪耙、一条胎链的事吗？他们却偏偏不准备。

东京的经不住大雪侵袭，确实跟被溺爱的孩子的虚弱很相似。

即使这样，为何只有东京发生这样的事件，媒体才会连篇累牍、喋喋不休地报道呢？

居住在地方的人们对此很生气。据说对于发生在地方的事情，即使是大事，东京的媒体也只是简单地报道一下，很快就告一段落。哪怕是火灾或环境等大问题，也是草草走过场。

如果深究根由的话，其实是对地方的歧视。

电视台是怎么看待这方面的事情的呢？

有些东西人们没注意到，东京人自高自大的事情似乎很多。

雪中的札幌

前文写过东京遭受雪灾的混乱景象，其实，雪并不惹人讨厌。不知为什么，我望着窗外下个不停的雪，常常会产生莫名的兴奋，觉得体内有一种跃跃欲试、与之共舞的冲动。

因为我出生在北海道，对漫天飘雪司空见惯。雪既是将大地洗刷一清，使之银装素裹的天使，也是酿成灾害，剥夺人畜生命的恶魔。

正是由于深切了解雪的魅力与可怕，故而对雪的感情更加深厚。

年轻时，总认为雪这玩意儿跟猫相似。

这并非玩文字游戏，而是内心常常会有这样一种感觉：它们都是在静谧的夜悄悄潜入。

晚上临睡前，似乎感觉有可能下雪。因为当时的天气预报并不像现在这样准确，天公常常不与之配合。

下不下雪无所谓，不知不觉就睡过去了。早晨醒来，觉得窗外异常，拉开窗帘，即看到雪花漫天飞舞，地上一片白茫茫。

"下雪啦！下大雪啦！"

这样喊叫着起床，开始匆忙的一天。

大雪是从何时开始下的呢？自己感到茫然。下就下吧，早点儿告诉一声就好啦！

大雪常常这样悄无声息地降临，以致让人想发这样的牢骚。

这跟夜里悄悄钻进人被窝的猫有点儿相似。

不知为什么，边下边积的雪花好像具有吸收一切声音的力量。

无论是刮台风还是地震，都会伴随着相应的声音袭来，唯有大雪是悄无声息地降临。

悄无声息地飘落人间，要说可怕还是很可怕的，要说奇怪也是很奇怪的。

由大雪造成的苦难，只有生活在雪国的人才知道。如果夸张点儿说，如同经历过战争的人才能体验到战争的残酷。

由大雪造成的交通中断或车辆拥堵自不待言，各种防寒用具的准备、扫除从家到公路的积雪以及铲除屋顶的积雪等，身居雪国的人不得不承受这些负担。

特别是担负除雪任务的那些男孩儿，见到下大雪就厌烦，早晨起床后就要去除雪。

这种习俗到现在也没有变，不知那些只有老人的家庭是怎样除雪的。

不管怎样，对于除雪，自己还是蛮自信的。前几天下大雪，自己想做做示范，便躬身扫了扫雪，但不再像以前那样轻巧了。

首先是东京的雪不同于北海道的粉末状雪，湿气非常重。而且底层结着冰，用那种塑料制的轻便雪耙是弄不碎的，需要用尖头小铲子或鹤嘴镐。

于是，我想到了高尔夫杆。若把现在没用的四号铁杆拿出来铲下去，就能弄碎很多冰。

办法是先弄碎一个点，再弄碎间隔六十厘米的地方，一块很大的冰片就会崩裂。因为东京的冰很薄，不难搞，搞碎会给人带来一种无法形容的快感。

怎么样？算高明吧。我怀着这样的心情抡起铁杆除冰雪，在这期间，还把重一点儿的雪疙瘩搭在雪耙上，然后使劲抛向远处。

突然，我的腰部剧烈疼痛，不得不蹲下身来。好像是刚才强拧上半身，闪了腰。

除雪是过去学的本领，当年的捣杵柄早就长满锈了。

我轻抚着仍有些疼痛的腰，第二天飞到了札幌。

在新千岁机场走下飞机，风雪交加。

这里的雪与东京的雪相比，让人感到畅快且冷冽。

东京是停车场里的车被积雪覆盖，这里则是停机坪上的飞机被大雪吞噬。

目视着这场景，自己从纷纷扬扬的飘雪中穿越。到了札幌市里，又把行李放在酒店，跑到薄野①看街景，只感觉地上的雪带着明显的湿气，街上的行人也打着伞。

在往年的一月里，几乎没有人打伞。因为隆冬的雪呈洁白的粉末状，无论外套或帽子上的雪有多厚，只要用手轻轻一拂，雪就能抖落。

---

① 薄野：位于日本北海道札幌市中央区的繁华街区。

没想到当下的雪同早春的雪一样发黏，看来北海道的雪也变得松软了。

我对同行的编辑说起这事，并沿着薄野的小路漫步消遣，走着走着又想起了过去的事。

过去这一带曾是情人旅馆街。

这里曾有一家叫 K 的旅馆，自己曾去过。

大概还是在医院工作的三十岁前后，自己曾和朋友开着当时蛮雅致的"雷诺"汽车住进这家旅馆。

几个小时后，我们从旅馆走出来，看到外面在下大雪。

我们赶忙除掉车身上的雪，发动引擎，可能是因为天气太冷，打不起火来。

过去常有这样的事，我便改用曲柄摇动引擎，以辅助打火，可不管怎么用力，汽车都发动不起来。

没办法，只能将车停放在旅馆前面，两人蹒跚前行。送走了怕冷的她，我才走回家，但脑海里总惦记车的事。

第二天午休时，我溜了出来，来到旅馆前，只见雷诺汽车已被积雪掩埋，变成了一座小雪山。

我只得用小铲子一点一点地除雪，然后叫车来给电池充电，好歹才把车发动起来。不过，无论谁看到这场景，都知道我昨晚来过这家旅馆。

帮忙的修理工对我说："这雪真不得了啊！"我便暗暗发誓："再也不开车来情人旅馆啦！"

现在，那家旅馆、那般大的雪和那样的破车都已经没有了。

雪也变得松软了。只有在北国生活过的人，才能感知那里的狂风暴雪和当地人的辛劳。

想要探望时

我再次来到雪域的札幌。

上周曾从福冈飞来札幌，逗留了一天。

这次是先从三重县的香良洲町回到名古屋，再从名古屋乘夜航班飞来札幌。

现在是深夜，正在写这篇稿子，明天还必须乘白天的航班到大阪。

时间如此紧张，连自己都感到惊讶，但是没有办法。

因为居住在札幌的近亲去世，今晚要通宵守灵，明天还要参加告别仪式。

写到这儿，突然觉得近亲这种提法比较笼统，因为亲戚中有关系亲密的人，也有不那么亲密的人。这里当然是指关系亲密且照顾过自己的人。

当然，死去的人在离开这个世界时不会顾及活着的人方便与否，死亡会在某一天突然降临，及时参加守灵和告别仪式是自己分内的事。

去世的亲戚六年前患大肠癌，也接受过手术。

病情一度稳定，癌细胞在三年前又转移到了肝脏和胰脏。

可能是因于年逾八十，癌的恶化进程比较慢，据说最近刚呈现变坏的状态。

因为对方患的是癌症，不定何时会发生什么。

当然，上周自己到札幌时应该去探望一下。

曾想过去探望，又觉得病情没恶化，就将这件事搁置下来。

为何那时没去呢？时至今日，只是后悔，也憎恨自己的懒惰。

回顾三年前我母亲去世时，情况有些相似。

母亲患了大病以后，病情一直稳定，但去世前两年，出现心力衰竭的症状，经常住院。

她在这样的状态下患了感冒，不得不住进医院，家人对此也不是特别担心。

听说住在医院，自己放了一半心，想着下个月回去探望，结果突然接到了噩耗。

自己难以接受，大声呼喊："为什么……"但为时已晚。

包括护理的人和经常去医院探望的姐姐、弟弟都没想到死神会突然降临。

这位亲戚的死也在预料之外。

当然，其身体状况并不好，但护理的家属仍然认为死得突然。

在我三十一岁时，父亲因病突然去世了。

当年我并不怎么孝顺父母，父亲的亡故令我痛悔万分。

看来"子欲养而亲不待"确属至理名言。

这件事我曾在随笔中提过，自以为吸取了教训，对活着的母亲尽了点儿孝，但硬是没赶上给母亲送终。

东京与札幌离得很远，母与子不可能频繁见面，但起码应在阴阳两隔前见上一面。

尽管护理的人安慰我说"没什么大不了"，但我一直自责，哪怕挤出一点儿时间，也应该去看看。

没去看肯定是我的责任。当然，有很多人与我抱有同样的遗憾。

前些日子，一位朋友失去了八十六岁的老母亲，他哀叹道："都说不会出问题，正计划下个月去看看，没想到突然就走了。"

由此可以断定，在逝者患病期间，即使服侍在身边的人说不当紧，也不可盲目相信。

当然，并不是说周围的人目光短浅。

哪怕是昼夜陪伴的护工和家人，甚至是护士和医生，也难以准确把握无常的生死。

话虽如此，突发这样的事情原因何在呢？

思考一下，突然去世者大多高龄，大致可以得出人老禁不起风雨的结论。

超过八十岁的老人，体力已明显不支，患病后身体更加衰弱，应对周围环境变化的能力大大减弱。

比如说温差变化较大或湿度、气压异常，老人的身体就会有明显的反应。

即使待在室内，室外的气候变化也会引起身体的不适。

同样受到气候或环境变化影响的年轻人，尽管身体也受影响，但他们遍布全身的神经和血管会巧妙地应对和调节，最小限度地消除影响。

这种应对环境变化的能力叫体内平衡，平衡能力强的人即使在炎热处突遇寒冷或暴风骤雨的袭击，身体也无大碍。

人在年轻之时，对环境变化的适应力很强，但到了老年或患有慢性疾病时，身体就会变弱，适应能力也随之衰退。

这种事周围的人不可预料，就是当事人也不会高度重视。

因此，陪护在病人身边的人，以自己的水准认定没事，也会对周围的人说"没事"。

然而，由于病人的适应能力骤降，甚至连气温和气压的变化都不能适应，就容易死去。

总之，大家不能以看待正常人的眼光来看待病人，这一点似乎很容易做到却总是意外地做不到。

年轻人或没怎么生过病的人很难理解上了年纪或患重病的人身体弱不禁风的感受。

因此，常常出现"子欲养而亲不待"的情况，也许人们应该牢牢记住下面的话："想要探望早探望，否则人已在天堂！"

无论什么事情，想起要做时，都应该及时去做，但做到这一点着实有点儿难。

乘坐新干线

有的人做事情规规矩矩、一丝不苟。

比如说自己乘坐新干线列车时所见。

那是个平日的午后，车厢内空空荡荡，没有多少乘客。

于是，我悠闲地吸着香烟，尽情地观赏着车窗外的秋日风景。过了许久，一个肥胖的中年人坐到了我的旁边。

他确认了一下自己的车票和座位号，便落座了。他满身的肥肉似乎要从座位框上挤出来，并散发出阵阵汗臭味。

这没办法。萍水相逢嘛！然而，他又打开饭盒，吃起饭来。

这也没办法。可能他心里急躁，不小心晃动了盛茶水的容器，因用力过猛，茶水差点儿溅到我身上。

"啊，这可不行！"他就说了这么一句，又狼吞虎咽地吃了起来。

那气势，犹如往垃圾箱里扔垃圾一般，一直扔个不停。

见此情景，我渐渐焦躁起来。

既然车厢里空荡荡的，为何非要和这么肥胖的人挤在一起坐呢？

当然，按票号我是坐在现在的位置上，刚才巡视的列车长也确认过。

然而，前面、后面、过道对面的座位都空着，他坐在那些位置上该多好啊！

如果我是他，马上就会坐到别的座位上。

况且列车一直到东京站才停车，坐在哪里都没有人打搅。

这个人却认死理，顽固地盘踞在自己的座位上。

一切按票面的示意行事，既然是自己的座位，就要绝对地严防死守。

可以说是执着如一。

这种情况，应该算规规矩矩呢？还是说不够通融呢？抑或叫一本正经呢？

我对此感到扫兴，也对窗口售票的铁路员工感到愤懑。

如果是使用电脑的话，售票员应该站在客人的立场上灵活地售票。

我在焦躁与愤懑之中，见他吃完饭，将座椅靠背向后放下，想要睡觉。

要是被这般肥胖的人堵住出不去，再听他打呼噜，那可真受不了。

"喂，打扰一下！"

我拿起挂着的夹克和行李，站起身，移步到他身后隔着三排的座位上坐下来。感觉好歹算是重新活过来了。

世上有人会说，只要按规矩来，心里就会踏实。

因而一切都循规蹈矩，不敢越雷池一步。

据说当公务员的，久而久之就会成为这种类型。也不排除是性格使然。

之前我坐新干线的软卧车厢，与四个伙伴相向而坐，大家无事可做，便悠然地喝起啤酒来。过了一会儿，一位乘客走向我们。

他手里好像握有我们坐着的紧靠窗户座位的车票。

我们中的一人买的确实是远位的车票，曾预料会发生让位的事。不过，运气也太差了。

我们劝他临近的空位很多，可以另找座位坐下来或者跟我伙伴的座位调换一下。

他如果是个有绅士风度的人，对此能理解，也会保全我们的聚集。

然而，这个人丝毫没有谦让的迹象。

他不说话，手上拿着车票，站在我们身旁，一味地等着我们挪动。

没办法，大家都站起身来，调直椅背，拿起喝了一半的啤酒和菜肴，转移到另外的空位上。

他满不在乎地注视着我们行动，慢悠悠地坐到规定的座位上。

这人长着一张鹅蛋脸，戴着白框眼镜，穿着合体的套装，形象无懈可击。

说不定是会计或会计经理，或者是财会学校的老师。

如果说对这种小事也较真，说起来无错，可也太不讲情面，过于不通融了。

与那个男人生活在一起的太太，一定会很无聊。

我这样思考问题，他仍然露出事不关己的态度，正襟危坐地闭着眼睛。

人，太过通融会令人困惑，太过不通融会更加令人困惑，或者说是烦扰旁人。

本来是很简单的事，却顽固地不谦让。

假如是位女性的话，倒还有可怡情之处……

我由此想起了与我交往的那位一丝不苟的女性。

与其说她做事一丝不苟，不如说她是个有洁癖、爱清扫的人。

我去哪儿她就跟到哪儿，一掉了烟灰或撒了啤酒，她马上就会收拾干净。

因此，她住的房间总是整理得井井有条，令人心情舒畅。

后来我和这个女友分了手，唯有她做事一丝不苟的精神让人怀念，且印象深刻。

要是她此刻乘坐新干线的话，可能也会严格按车票号入座吧。

先不说她，如果有漂亮的女性挤过来就座，男人们也许会痛快地腾出座位来。

说来这也是男人的专断吧。

功能重于图案

最近遇到几件图案至上，让人难以释怀的事。

比如因鼻子碍事而喝不了咖啡的咖啡杯。

这并不是夸耀自己的鼻子高。

确实有这种即使长着很低很低的，比日本人平均水平都低的鼻子的人，也难以喝干杯中物的杯口小而杯筒深的杯子。

咖啡店为何要提供这种杯子呢？好像他们在极力兜售咖啡，却似乎又在说：不许喝咖啡！

我跟同行的女性在咖啡店说起了这件事。

对方瞅着杯子，看得入迷，喃喃地说：

"不过图案很雅致啊。"

别开玩笑！咖啡杯是用来喝咖啡的。

如果想要雅致的图案，应该在发挥杯子基本功能的基础上给予。

像这种杯口呈三角形、有点儿歪斜且狭窄的杯子，就基本上喝不到杯底的咖啡。

听我这样说，她微笑着说道："喝不到底也没关系嘛。"

可能就是因为像她这种只通过观外表来论好孬的人太多，才促使这种荒唐的东西流行起来的吧。

拘泥于外观而不注重内涵的事情，在人类社会已司空见惯。比如人们常说"人是衣裳，马是鞍"，表明人往往会外表优先，常"以貌取人"。

然而，这种表象在人与人的交往过程中就会失去作用。人在无意中买来外表华丽的商品，过后也经常会后悔。

特别是现在，商品丰富，有些生产厂商觉得仅展示功能可能会卖不出去，添加精美的图案才会引人注意。

比外国的名牌毛巾，只是浪得虚名，这些东西发硬且粗糙，擦拭身上并不吸水，只是分量重。

怎么会喜欢用那种不好使的东西呢？更重要的是，怎么能把那样的东西当礼品送人呢？

我就喜欢用日本旅馆里那种吸湿性好的布毛巾。若是别人给寄来外国名牌毛巾，我就会感到很为难。

用吧，不好用。扔吧，对不起馈送人。只能悄悄地赠送给别人，因为有人喜欢附加功能——图案优美漂亮。

的确，这种毛巾好像是为了露出细花纹和漂亮色，才在编织过程中故意去掉部分线圈，使之成为细密的布料的。

那样费工夫，价格也就定得高，由此降低了使用功能，让人难以理解。可能这都是为了好看吧。

再看看那些笔记用具，中间鼓起呈纺锤形、用手并不好拿的东西也充斥市场。

哎呀，幸亏只是毛巾或笔过于讲究图案或形状。如果是生产圆形的相机或电视机，或者是变形的冰箱，就会让人感到惊讶或哑然失笑。

无论外表多么优雅，如果是圆形的冰箱，就只是占地方而放不下东西，与实用性相距甚远。

我很想见识一下发明这些荒唐之物的人，不承想前几天又碰到了更加荒唐的东西。

地点在新桥的一家日式高级饭庄。在那饭庄的男厕所里，低矮的圆柱前摆放着两个切掉了三分之二的东西。

如果两个人并排使用这两个东西解手，相邻人的生殖器基本上一览无余，这也太让人沉不住气啦。

当然，男人中也有想要展示自己阴茎的人，但一般人还是希望有所遮挡，这样才沉得住气吧。

我从厕所出来，问老板娘："为何这里的大便池前挡要做成那样呢？"老板娘回答说："图案雅致，品位高。"

别开玩笑啦。无论图案多么雅致，大便池前挡什么也挡不住，算什么事呢？

如果想要造型和图案雅致，应该首先考虑大便池前挡的功能，然后再择优选择。

在图案图形的选用中，经常使用且令人烦恼的是电话卡。

在将其插入公共电话机前，必须好好确认插入端，否则弄错插入方向，电话机就会发出"劈劈"的刺耳叫声，而人们一次性准确插入的概率低于五成。

为何不把插入端的箭头标示得清楚一点呢？

幸亏我不是那种老花眼。那些年迈花眼的人，看清箭头是很困难的事。只能用手摸摸边上，感到略有起伏，方知那是后端。

我觉得不应该这样，应该让人们看画图就能知道哪边是插入端，比如将新干线列车或飞机图案印在卡上，前进方向即插入方向。

当然，箭头也是标识，但箭头还是要做得大一些。说得极端点儿，卡上什么图案也没有都行，只要把箭头标示清楚就好。

假如不想让箭头引人注目，就应该做得看画就能弄懂方向。

自己注视着电话卡，想象着各种图案。

如果卡上印人物头像，头顶就应该是插入端。

我跟几个人说起这件事时，有点儿得意扬扬。但前几天领到一张印有某女演员头像的电话卡，是反其道而行之。

先将头部一端插入，结果电话机"劈劈"地响起来。取出卡倒头插入，便有语音提示剩下的次数："还有五次！"

真是各有千秋啊。

在新加坡

今年二月，新加坡设立了日本人会馆。

其庆典演讲会是由文艺春秋社和日本航空公司共同举办的，我受邀参加。

从有打工妹开始，就不断有日本人去新加坡。基于这样的历史，居住在新加坡的日本人一直梦想着设立会馆。

这个愿望终于在今年春天实现了。

附带说一下，会馆占地面积约五千三百坪①，配有大厅、西餐馆和多个房间，为当地翠绿环绕的幽静环境增添了一抹亮丽的色彩。据说工程总费用约三十亿日元。

---

① 坪：1坪约合3.3平方米。

自己这是第三次去新加坡，明显地感觉到这里的湿热。

东南亚本就炎热且湿气重，自己感到湿气特别强烈，可能是因为之前有点儿感冒，身体虚弱。

由于阴霾①（受印度尼西亚山火的影响大气朦胧）浓重，因而感觉热气蒸腾，湿气格外强烈。

顺便说一下，"阴霾"容易和"艾滋"弄错，英文拼写是"HAZE"。

这种炎热和湿气对于居住在新加坡的人来说，也是大敌。为了消除炎热和湿气，大楼里到处都有很强的冷气。

在寒冷的北国，室内温暖是富裕的象征；而在炎热的南国，室内凉爽才是舒适的生活。

因此，虽说身处南国，但进入建筑物内，就需要穿和东京一样厚的衣服。

外面的酷热和楼内的凉爽呈天壤之别，不随时增减衣物，很容易弄垮身体。

总之，这个地方湿热难耐，三十度以上的高温日复一日，接近百分之八十的湿度始终陪伴。

---

① 阴霾：此处为日语外来语"ヘイズ"的发音。

无法期待像日本那样，再过一个月就是凉爽的秋天，更不能指望惬意度过那樱花烂漫的春宵良辰。

今天、明天、下月、再下月，只要待在这里，就只能享受这红花遍野、湿热难耐的夏日蒸腾。

故而这里给人一种无处容身的窒息感。

当然，这是从四季分明的国家来的人的感受和顾虑，长期居住在这里的人可能早就习惯了。

无论怎样，新加坡是个气候炎热的国家，但在这里要穿轻装的想法好像也不适用。

这次新加坡之行见到的东西，有的真让人佩服，或者说让人受刺激。

其中一个就是博德斯（Borders）书店。

这家书店在美国已建了很多，后来又开到了新加坡，生意非常兴隆。

可能有人对此比较了解，店铺占据一层楼，有一百多坪，最富有特色的是书的陈列方式。

日本的书店一般是在靠近门口处设一平台，将部分书堆放在那里，供人们挑选。博德斯却是在人们经过的地板上直接堆放着几十册书。

而且，书摞得前面低，后面高，让人觉得像是待在自己的房间里，可随意把书拿到手里读。

再往里走，在装满书籍的架子中间放有宽大舒适的椅子，读者可以随意坐在那里读书。

这样，愿意站着读还是坐着读，就随你便了。

放置儿童书的地方，小读者可以躺着看，看完，放在那里回家就行。

事实上，那一带常有孩子把读完或未读完的书放在地板上。

说到这里，您就明白了，这家书店的特色，是把传统书店那些令人讨厌的禁忌全部消除，积极地引导读者阅读，把整个店向客人开放。

因此，很多人来到这家书店都感到很亲切，新老顾客大量涌入，热闹非凡。

当然，这里也有让人担心的问题，大家都拿着书看，很容易把书弄脏，不容易再出售。但是，这种损耗好像是店家早就估计到的。

更让人感到宽慰的是，只要是在这里买的书，两周以内，只要书没弄脏，就可以退换。

这样一来，书店会不会亏本经营呢？虽然事不关己，却总令人担忧。不过，看到这样的书店还在增加，说明他们足以开得下去。

这家书店特别令人钦佩的地方是店员的待客态度非常好。

无论顾客问什么，店员都笑脸相答，哪怕不知道书在何处，也会帮着找。这家书店陈列的书本来就容易找，再加上这种服务，无论是谁，都可以轻松地买到自己喜欢的书。

与其相比，日本的书店还很落后。

在某些书店，顾客问店员书在何处，店员满脸都是"你自己好好找"的神气。有的店员甚至露出不屑的表情：因为自己是文化的传承者，才把书卖给你们的！

而博德斯的服务已反映出店员高高在上的时代已经结束，正迈入顾客至上、店员热忱相迎的新时代。

当然，日本也有腾出空地，让顾客坐着看书的书店，但只是很少一部分。

大部分书店依然是"自己找书，爱买不买"吧！

看来日本书市迟早会被博德斯这样的书店占领。

改革的浪潮已经波及图书销售行业。

明媚春日看能剧

这几天，气温突然上升，沐浴着和煦的阳光，樱花似乎要一下子全部绽放。

此时正是春光明媚。

当登载这篇稿子的刊物出版时，或许东京的樱花已经盛开了。

写到春光明媚，就想起了"明媚"的汉字表达是"丽①"。

这是个很有媚气的字。

由此突然想起自己曾和一个叫丽子的女性关系亲密。

当时她还是在校大学生，长得比较美丽，但不妩媚。

"丽"字到底是什么意思呢?

---

① 丽：日本汉字写作繁体字"麗"。

重新查了查词典，词典上说是"天空晴朗、阳光明亮、吉祥平和的样子"，多用于春日。用于人身，则是"声音明亮、性格开朗的样子"，或者是"神清气爽的样子"。

这么说来，丽子小姐的声音确实明亮，是女高音，清脆悦耳。

虽然不了解她的内心，但应该说是外表靓丽。

自己被明媚的春光吸引，决定星期天下午去看能剧。

虽然这么说，其实是以前就决定这天去的。

涩谷的观世能乐堂离我不远，从办公室走着去，十分钟就能到。

能剧在正午的十二点半开演，我稍微提前一点儿到了能乐堂，堂外阳光下的垂枝樱鼓着粉红色的花蕾，等待绽放。

最先演出的剧目叫《姨舍》。

我就是奔着这剧去的。遗憾的是，那位中途被抛弃、穿着白衣的老妪再次出场后，一直没完没了地告白。

讲的好像是佛教故事，偶尔也在有月光的布景下翩翩起舞，身姿妖艳而柔美。

然而，我内心总在想，能剧对于我这般不懂情趣的人来说，既冗长又单调。

而且，难以诉人的是基本听不懂老媪讲述的内容。

碰巧邻座是位上了年纪的女士，她在浏览解说词章，我顺势斜着眼跟踪她手指着的文字，尽管不清楚台上在说什么。

如果看歌舞伎剧①或者净琉璃②，自己还能理解得了。而看起能剧来，自己常常手足无措。看解说词章，才能猜出意思来。

可能室町时代和江户时代的那些观众，看能剧能完全理解吧。

或许自己拿着解说词章，对同一个剧多看几遍，也能逐渐弄懂，但自己没有毅力做到那一步。

在江户时代的商人中比较流行歌谣，或许这能提高能剧素养，加深对剧情的理解吧。

但是自己很可悲：没有那种素养。老实说，由于中途感到无聊，不久便打起瞌睡来。

最近，社会上掀起了一股能剧热，无论哪里的能剧演出，

---

① 歌舞伎剧：日本的一种传统戏剧。
② 净琉璃：一种用三弦伴奏的说唱曲艺。

都有很多观众。

星期天去时也是满座，因为自己不太懂，所以也为周围的观众担忧：他们真的懂吗？

可以说是幸运，或者说是偶然，我邻座那位上了年纪的女士和侧前方座位上的一位男士也在打瞌睡，于是便有种"同病相怜"的感觉。再扭头，看到有的人始终抻着脖子凝视舞台，就感到佩服甚至是感动。

如果有人问我"既然看不懂，为何要去呢？"，自己也确实难以回答。

对于这一点，那些和我一样打瞌睡的人可能会理解。真要说动因，恐怕是因为喜欢能剧中那不通世俗的、慢节奏的氛围吧。

在这个忙碌的时代，可以说能剧是最逍遥自在且动作最少的戏剧之一。

无疑也是世界上节奏最缓慢的戏剧之一。

说这样的话，也许无礼。那些明明不太懂却非要去欣赏能剧的人，很可能是被这明显脱离现世的缓慢节奏吸引，希望从中找到内心的一丝平静。

现在从电视到电影，从戏剧到相声，大都追求快节奏。对这种喧嚣感到厌烦的人，才乐于享受能剧的舒缓与平和。

总之，人们为了逃避现实才这样想，如此心情就会轻松很多。

这不是挖苦，而是真的这样认为，哪怕是坐在那里打瞌睡，换个活法，就能脱离现实，走入梦想的世界。

何况能剧的好处是节奏慢，场景和情节变化少，就是稍稍打瞌睡，醒来后也不会产生生疏感，能跟得上步子。

如此这般，徜徉在春天的梦里，包括欣赏入迷的观众和间或打瞌睡的人们，都会在得到虚拟世界的满足感后踏上归途。

看了《姨舍》和《独舞》后，已经是下午三点多了。

到黄昏还有点儿时间，人在明媚的春日容易倦怠，能乐堂前樱花的蓓蕾好像比初看时大了。

我避开车多的道路，沿着宅邸街的小路缓步而行，忽又产生了恋樱的情绪。

再过几天，樱花就会盛开吧？

最多也就四五天，期间如遇寒潮来袭，刚开的花就会凋谢。樱花也如同各色人等，有早绽放的，也有晚开的。

当然，如果想要知道樱花到底何时开，只有去问樱花。

春日周末的午后，路上静悄悄的。

要说今天干的事儿，就是看能剧，打瞌睡，欣赏樱花的蓓蕾，悠闲地散步……

这样沉思着，沿着长长板墙旁的道路往前走，脑海中突然浮现出这样一句话：

午间赏能剧，倦极迷离打盹频，春光暖融融。

与其说是在如实地叙述春日闲散的一天，不如说是在没话找话说。

形迹可疑的人

有个词语叫"形迹可疑"。

意思同字面，指行动惹人怀疑。

在过去，警察逮住形迹可疑的人，可进行盘问。

因而大家在经过警察面前时，常常低着头，尽量避免与警察对视，尽量不给对方"盯着自己看"的机会。

说起来，"形迹可疑"这个词充满不确定性，怎样算是形迹可疑，哪些方面形迹可疑，是很难把控的。

关键是别被警察视为形迹可疑，当然，警察的见解也各不相同，其结果往往也靠不住。

那是过去的事情，我的一个朋友无驾照骑摩托车被警察抓住了。

时间是在白天，也不是在特别盘查的地方，怎么就被抓住了呢？

事后他跟我说，在骑着摩托车经过交叉路口时，看到警察站在前方。

骑行者如果有证，就会匀速通过。他因为没有驾照，在接近警察时，不由得放慢了速度，并轻声与之打招呼。

然而，此时警笛响了，他被叫停并要求出示驾照，这就露馅了。

说起来真是件荒唐的事，他为何要在警察面前采取那样的行动呢？

正是这种下意识的行动，在警察那里鲜明地表现出了形迹可疑。

"用不着慢行，也用不着向站在那里的警察打招呼嘛！"

有朋友为他这样感叹。可能被打招呼的警察也一定感到意外。

是将其行为视为形迹可疑，还是觉得此人有礼貌而不用盘查，这是警察的眼力问题。

一般人是不会向警察打招呼的，他必然被视为形迹可疑。

作为淳君被杀事件（我的名字也带"淳"字，觉得并非与己无关。）的嫌疑人，上中学三年级的十四岁少年被逮捕，令人非常震惊。

起初觉得不可能，但仔细看看挑战书上的字迹，确实像中学生所写。

有一种意见认为所写文章太过华丽，不像中学生所为。不过，中学三年级的学生是能够写出此等水平的文章的。

我怀疑除了这个少年还有"嫌疑犯"。

在这个少年被逮捕前，电视台的特别节目和报纸、杂志都大肆报道嫌疑人的体貌特征。

说是年龄三十到四十岁，身高一米七零左右，体格比较健壮。

这个人曾拿着黑色塑料袋在学校附近行走，在坦克山附近转悠，买过荷包锁，开着一辆黑色的蓝鸟汽车等。

因为这个人在好多地段被人看到过，年龄和体貌特征的描述也相似，一般认为这个人就是第一嫌疑人。

还可以说通过媒体连篇累牍地报道，已经使人这样联想。

可这个最可疑的人躲到哪里去了呢？

说起来有点儿荒唐，我现在最想知道的是这个人的来历和他为何在作案时间段到有关场所转悠。

是纯粹偶然，还是动机使然？总之，这人的形迹确实可疑。

不是说这个人三十来岁，身高一米七零左右，体格健壮吗？

可能我联想得荒唐，希望这个人作为少年的共犯遭到逮捕。

也许有人会说："你蛮不讲理！"我认为既然很多人说他形迹可疑，就希望他是个与犯罪有关的人物。

如果没有什么联系的话，大家认为他形迹可疑，就是错误的。

当然，形迹可疑仅是一种直觉，不是绝对准确，可能会弄错的。

但是，这个人是从众多的情报中筛选出来的最可疑的人，也被媒体大肆报道过。

如果这个人什么都不是，只是一名居住在现场附近的平民，那么就可以确认目击者和媒体没有立场。

哎呀，没有立场也不要紧，最最重要的是形迹可疑根本靠不住。

一副绅士模样的人，很可能是个不正派的人。看着行踪诡异的人，其实却很可靠。

仅看一个人的外表，是无法确定他（她）是什么样的人的。

然而，现实往往仅凭外表推测人物，并加以断定。

如果只是嫌疑，那也不要紧，就怕堆砌几个形迹可疑后弄成犯人。

假如这次逮捕的不是少年，而是这个人，那会怎么样呢?

想到这一点，我就感觉我们生活在一个可怕的社会。

我希望媒体重新找出这个可疑之人。

"这个人就是我们认为可疑的身高一米七零的体格健壮之人！"

而且，希望他拿着黑色塑料袋散步。

说到这里，大家会再次意识到仅凭外表判断是非的可怕。

好像我是在替别人处理遗留问题，其实这是叫嚷有可疑之人的媒体的义务。

大北海道

我要去北海道的本别町。

虽然这么说，可能大部分人不知道这个地方。

其实，我虽是北海道人，却是第一次去这里。

去本别町要从十胜平原的中心部带广向西到池田，再从那里乘车向北走半个多小时。

那一带是大雪山国立公园和阿寒国立公园的中间地带。

其相邻的城市是足寄町，那是松山千春①的出生地和故乡。

去本别主要是为了演讲，还有一个附加目的。

---

① 松山千春：日本著名歌手、演员，1955 年 12 月 16 日出生。

那就是利用这次机会，去带广北部那个叫"然别湖"的景点去看看。

碰巧去札幌有事，就先到了札幌，从那里去带广。

从札幌乘坐特快列车到带广，大约需要三个小时。

可能很多人会感到惊讶：

"有那么远吗？"

绝不是开玩笑。这个车速已经相当快了。

若是在以前，要走五个多小时。

那时是从札幌经泷川、富良野绕过去，现在建成了穿越日高山脉①的十胜线，路程缩短了近一半。

如果还有人问"有那么远吗？"，就会令人感到困惑。

要知道，北海道的地域面积有九州加四国那么大。

这当然是北海道人的骄傲，不过也同时存在着不满。

那就是国家总把面积这么大的一个地方当作一个县来对待。

比如预报天气，以前常常是"北海道地区大致晴"，显得太过粗疏。

---

① 日高山脉：山名，位于北海道中南部，呈南北走向。

偌大的北海道，可能是某处天气晴好，某处却在下大雨。

去年十月底，有人看到"北海道初雪降临"的消息，便武断地说"北海道那里早下雪了"。真是岂有此理！

那雪是降在大雪山①附近，当时我正在札幌，札幌的天气晴朗得很。

其实，同是在北海道，从太平洋沿岸到日本海一侧、靠鄂霍次克海一侧，再到内陆各地，各个地方都不一样。仅看到一地，就推及全道，很令人困惑。

可能是因为这个，在最近的天气预报上，开始对北海道四个地方分别做符号标识，尽管做了细分，但还远远不够。

总而言之，北海道是个大地方。

这次从札幌去，先穿越日高山脉，然后在山前的新得下车，与在那里迎候的带广田村书店的一对夫妻会和，然后一同前往然别湖。

当然，从带广也能去然别湖，但不如从新得去近，好像乘车一小时左右就能到达。

① 大雪山：位于北海道岛中部，是北海道中央火山群的总称。

然别湖是我常年想去却没去成的地方，最近文库本的《二十湖记》竟然把然别湖给漏掉了。

多年的愿望在今天实现，终于可以见到这座湖了！自己的心情很兴奋，但不巧的是要变天了。

之前离开札幌时，天气很晴朗，越过日高山脉后开始阴天，到达新得时，天下起了小雨。

而山里的天气与平原不同，在行车过程中，大雾逐渐弥漫开来，而且越走越浓，我们不得不打开车灯行驶。

浓雾一直笼罩着我们。到达向往的然别湖时，什么也看不见，只感觉如堕五里雾中。

"这里就是然别湖！"田村老板说。确实，脚下不远处就是水面，而两三米外什么也看不见。

田村夫人说："这座湖的前面有座中间稍细的山，山倒映在湖面，宛如嘴唇一样。"然而，我们根本看不见，只能看到一片白雾。

只能冲着那个方向想象美女的嘴唇，但终归是虚幻的。

田村老板说："很少会这样。"而罕见的事让我们碰到了，还是很无奈的。

可能是觉得我好不容易来一趟却什么都没看到，有些可怜吧，田村老板送给我一张印有晴空之下，倒映着"嘴唇"的然别湖景色的电话卡，我越看越为大雾弥漫而感到遗憾。

然别湖中倒映在水面的"嘴唇"，是什么样的女人的嘴唇呢?

我想起过去曾接触过一个让人挂念却不轻易允诺的女人，然别湖可能也是如此吧!

可是，再怎么咒骂，大雾也不会消散开来。

"可能是让我们有机会再来!"田村夫人安慰我说。听到这话，在气馁的同时，会产生埋怨女人的情绪。

没能见到然别湖的真面目，只好沿湖绕了半周，经糠平湖向本别直行而去。

到了这个季节，沿途的雾很快就消散了，眼前展现出辽阔的十胜平原。

回头看一下，种着甜菜、马齿型玉米、马铃薯的一大片旱田与丘陵紧密相连，再远处就是阿寒连峰。

本别只有一万多人口，是个以奶酪生产和畜牧业为主的城市，优雅而娴静。

比较有趣的是，这里的人将马齿型玉米田的一部分铲掉，做成迷宫。据说面积约三万坪。

如何穿越迷宫早些胜出呢？这在北海道是个极具特色的大游戏。

我的演讲从晚上七点开始，到八点半结束。尔后乘坐特意从带广赶来的挚友森末医师的车回到带广。

当地人说"往返用不了多长时间"，后来问知情者，方知带广距离本别约六十公里。

约一小时后，顺利回到带广，与森末夫妇、田村夫妇共进晚餐时，已是夜里十点半。

"今天跑了多少路？"我问。

"大概二百公里吧。"田村夫人若无其事地说。

屈指算来，只跑了道东的极少部分路段。

北海道确实是大道。不，因为太大，有的人称之为"麻烦道"。

总之，人一来到这广阔的大道，生命就会受到洗礼。

怪异少年与犯罪

自己过去上小学时，有个同学突然在早会时格格地笑了起来。

因为是在校长刚登上讲台要进行晨训时笑的，所以场面很尴尬。

他马上被班主任从人群中拽了出来，并被严加盘问："为什么要干这事？"

他回答不上来。

据推测，他或许是因为运动场太过安静而感到不安。

一般人感到不安会变得老实，但也有人会因此而喊叫或大笑。

那个孩子被老师多次追问都答不出原因来，最后他被认定为"轻视早会，是个没有礼貌的家伙"，并被勒令站在教室的角落里。

老实说，我那时就能理解老师愤怒的情绪，也能理解那名同学突然笑出声来的心理，过后也曾询问过他。

"你为何要在那时笑呢？"

他歪着脑袋，一脸疑惑地看着我。

据报纸报道，因淳君被杀事件而被逮捕的那名中学生，后来详细讲述了杀害男孩的经过。对于砍下男孩的头颅并将其丢弃在中学的正门前等一系列残忍行为，他反复强调说"是一种仪式"。

至于袭击淳君是否具有计划性，他持否定态度，说"只要是弱者，无论谁都行"。而且，他多次翻供，说是"他猛扑过来，我才扑上去的"，并为分割尸体找理由，说一些无意义的话，如"我想灭魂！"等。

他把挑战书夹在被害者的口中，将其头颅丢弃在学校的正门前，自以为是地说："想引人注意，所以放在那里。"并想当然地认为"这样就完成作品了"。

因信息是通过报纸得知的，不知是审讯官的陈述，还是审讯现场新闻记者的感想，少年这些不合逻辑的陈述让人感到茫然和不知所措。

当然，要让少年对杀人理由和分割尸体做出所谓合乎逻辑的说明，确实有点儿勉强。

不排除审讯官或新闻记者，为了满足某些人的愿望而给出了之前的描述。

其实，少年为何将淳君作为攻击目标，好像回答是"只要是弱者，无论谁都行"。这不就是合理的理由吗？

我袭击人的时候，只会袭击比我弱的，不会袭击比我强的。

报道说杀人没有计划性，但我认为既然是选择弱者，就表示有计划性。至于胆大妄为地把被害者的头颅弃置在学校正门前，符合其"只要是弱者，无论谁都行"的逻辑。

说"这样就完成作品了"也是如此。如果将杀人当作游戏来思考，那样想是理所当然的。

少年还将这些残忍的行为称为"一种仪式"，我认为也合乎逻辑。

杀人不是怀有怨恨或为了复仇，而是凭借某种仪式感来行凶，所以才满不在乎地干出十分残忍的事。

只要耐心地听一下少年的供述，犯罪过程基本上没有含糊之处。

然而，之所以认定少年的供述意思不清、首尾不一，是因为大人们总是在自己的常识和价值观的范围内思考事情。

审讯官或新闻记者等所谓头脑聪慧的人们，往往凭着自己的推断来考虑问题。

这就限制在了自己能懂的意识范围和感觉之中。

总不能为了让这些人理解，硬说少年长期憎恨被害者和他的家庭，或长期积压着对学校和现有教育制度的愤恨，甚至对成人社会充满嫌恶吧。

如果这样说，他们也许会理解、会满足。

然而，杀人动机千差万别，不是一下子就能准确说明的。

最近因"心烦意乱"或"不由得一怒之下"而行凶者也有，有人以一些不成理由的理由杀人。

可能当今社会人们的精神压力大，杀机也呈现多样化。

处于这样的时代，要求杀人理由有明确的说明，是不是有点儿落后于时代呢？

加缪在《局外人》这部小说中写过无故杀人的事件，引起人们的议论。

小说的主人公默尔索是在阿尔及尔的海边，与来这里的阿拉伯人因为琐事而吵架，最后用手枪打死了对方。

他作为杀人犯被逮捕了，在法庭上，法官开始追究杀人理由。

问默尔索，他思考片刻后，回答道："不知道。"法官被激怒，进一步逼问杀人理由，于是他思索了一下，然后心不在焉地说："也许是由于阿尔及尔那过热的太阳。"

当然，法官会指责这样的理由不合逻辑，会发怒，但默尔索考虑不出更多的理由。

这部小说引起很大的反响，并成为名作。其实人的某些行为并不像人们所想象的那般清晰且符合逻辑。

况且，十四岁的少年在杀人过程中，可能会产生幻觉，让整个过程看起来比较神秘。

局限于常识这一框架，强迫对方清晰地说明原委，这名法官与斥责默尔索的法官有点儿像，陈腐而落后。

审判员和新闻记者们似乎有必要看一下《局外人》这本书，从别的角度探讨一下人性。

影像技术虽在进步

我现在来到了京都。

这次来是为了配合关西电视台录制《我的京都》这一时长一小时的专题节目。

录制地点为位于京都冈崎的高级饭庄"鹤屋"。这是外国贵宾经常光顾的高级饭庄。

节目的内容是与那里的女主人谈论京都及京都菜。

自己并不擅长上电视，据说这是关西电视台初次制作高清晰度的电视节目，看的人有限，便决定参加了。

尽管这样，录制所谓的影像还是花费功夫的。

比方说制作广播节目，随便着装就行，在麦克风前按照导播的要求开口讲述即可。

然而，上电视就必须注意着装的品位、就座的位置以及目光的方向等各个方面的事情。

实际上，电视剧拍摄时，演员每完成一组镜头，化妆师等随从就赶紧跑过去查验妆容、发型和道具等。

与其相比，只跟女主人会面交谈就简单得多。

并不需要什么演技，自然而然地与之畅谈京都及京都菜即可。

话虽如此，在摄像机前一如往常、从容应对，对外行人来说并不是一件容易的事。

不过这次还是弄明白了，高清晰度电视画面的扫描线是普通电视画面的一倍，所有的东西显得更加精密与清晰。

可以说这是影像技术的进步，或者说是革命。

画面倒是很好，但一涉及人的面容，就不能含糊对待。

因为高清晰度影像会把人脸上的一道道细碎皱纹和一个个微小瘢痕都凸显出来。

当然，不能因此而打退堂鼓，打退堂鼓也为时已晚了。

对此，女主人非常慎重，化妆师也精心地给我化妆。

女主人生长在京都，肤白貌美，且有老字号饭庄的女主人气派。可我的形象如何呢？

起初有些担心，但很快就感觉劳累，对此满不在乎了。

我与女主人在高级饭庄的入口处相逢、在院子里相伴以及边就餐边交谈的场景录制顺利。但每当场面变换，摄像机及其附属器材就要移动，灯光照明也要随之进行必要的调整，操作起来很费事。

机器的进步是可喜的，可人适应机器折腾的时间也在相应地增加。

对于理应到来的高清晰度电视时代，最感到不安的也许是上了年纪的演员，特别是女演员。

虽说人随着年龄增长呈现衰老也是优美的，但毕竟是夕阳西下的老态，无论谁见了都不欣赏。

并不是高清晰度电视的问题，也不是机械的无情，它会把所有景象都充满感染力地显现出来。

也许有胆怯的女演员会说："要是高清电视普及了，我们就没法出镜了。"

要是照相机技术与之同步的话，恐怕不想看照片的人也会增多。

自然的形态与学术性的影像再现艺术暂且不谈，拍摄一般的电视剧或人物照片，当下的技术也许足够了。

因此，翻看一下过去的照片，好像都恰到好处：既不显露出器械的精密，又感觉画面温暖、大方。

也许有人会发出这样的声音："照相还是回到那样的时代好！"然而，科学技术一直在进步，再拍出那样的照片似乎难得很。

由高清电视联想起了前几天在东北新社看到的一种名叫"多米诺"的影像制作设备。

新社的总经理植村是个观念"时髦"的人，一直拥有世界上最先进的影像设备，并制作一些画面新鲜且富有特色的影像作品。

"多米诺"便是其中之一，假定在蓝色的帷幕前拍摄一个女性漫步的身影，由此可以添加各种各样的背景。

比如身穿和服的女性打着旱伞漫步，可以将背景变成公园内绿树环绕下绿草茵茵的小径或幽静的居住地。

还可以根据导演的意图改变树丛的浓度、射在旱伞上的阳光的强度以及女性衣衫的鲜艳度。

同样，计算机生成图像也取得了划时代的进步，可以把十余人变成百余人，还可以将帆船模型放入水池，制作出帆船在大海的惊涛骇浪中颠簸行驶的景象。

也可以制作出人突然从坚硬的混凝土中飞出的影像或在大海中游泳的人被汹涌的海浪吞噬的场景……

还可以制作许许多多、千奇百怪的崭新影像。

的确是影像的革命，我认为也是影像的策略，或者说是戏法。

影像制作技术如此飞速地进步，今后会怎么样呢？

技术进步有时也令人感到害怕，与之前相比，有些逊色的是对人的描写。

像每天看到水一般，每天都看到电视上移动的画面，问题是对人的描写并没有进步，和不鲜明的照片时代没什么两样。不，反倒比那时更让人感到乏味。

今后影像技术还会进步，但对人的描写很难进步。

总之，很多影像都是虚张声势的唬人的大型连环画，以后这会成为很大的问题。

关于"婚外恋小说"之说

这阵子，自己的拙作《失乐园》被多家媒体大肆报道，先不说是好是坏，这是值得庆幸的事情。我只是有点儿担心，怕人们套用"婚外恋小说"这个词。

就连某大型报纸都无所顾忌地使用这个词，这个词太老了。

自己为此感到害羞也没办法，可以说现在解释什么都没用。

无须赘述，婚外恋是偏离轨道、违反道德的。

一般是对男女关系而言，指已婚的男或女爱上配偶之外的人，并与之关系亲密。

当然，这样解释婚外恋的话，日本已婚男女中有婚外恋的人相当多。如果把出入泡泡浴的男人也算在内，更是一个庞大的数字。

对于这一点，并没有确切的统计数字，只是推测而已。估计日本大城市里的已婚男女，接近半数会成为婚外恋者。特别是男性，比例可能更高吧。

有这么多的人偏离轨道，违背道德，这个国家会如何发展呢？

似乎是"懂得情趣的人会为此担忧"，其实并没有什么。总体来说，国家、国民还算健康，大家生活得比较开心。

既然婚外恋是违背人道的，至少希望国民仅有百分之一二的人有婚外恋。如果人数超过半数，那就不应该叫婚外恋了。

明确地说，在日本，"婚外恋"这个词在现实中已经没有多少意义了，它正在成为过时的词汇。

当然，很难一下子找到一个取代它的词汇，为了方便起见，只能沿用着，它应算是最没有真实感的词。

譬如《婚外恋小说》。

乍一听起来，给人的感觉，可能是描写日本江户时代武士恋爱的历史小说，再晚一些，也就是发生在明治前后；如果故事发生在欧洲，则是十九世纪的恋爱小说。

抛开通奸罪不谈。如果仍然沿用过时的词汇，不知为什么，仅看到这个词就感觉与周围气氛不和，甚至感到滑稽。

老实说，自己下次出版的小说，如果被冠以这样的词，我就会觉得很麻烦，或者说觉得很怪异。

而且，我认为成熟的爱情小说，大多会描写婚外恋。

古来描写男女真正恋爱的小说大多包含婚外恋，川端康成①、谷崎润一郎②、永井荷风③、丹羽文雄④、舟桥圣一⑤、井上靖⑥、吉行淳之介⑦等前辈作家描写男女关系的小说基本上都有婚外恋。无人跳出圈外。

现在重提婚外恋小说，总让人觉得害羞，如果小说只拘泥于男女关系，就不能认为有文学意义。

写男女恋爱小说的作家并不是因为想写婚外恋小说而去写

---

① 川端康成：1899—1972，日本著名作家，生于大阪，曾获诺贝尔文学奖。代表作有《雪国》《伊豆的舞女》等。

② 谷崎润一郎：1886—1965，日本著名小说家，生于东京，代表作有《春琴抄》《细雪》等。

③ 永井荷风：1879—1959，日本著名作家，生于东京，代表作有《地狱之花》《梅雨前后》等。

④ 丹羽文雄：1904—2005，日本著名作家，生于三重县，代表作有《青麦》《恶心别人的年龄》等。

⑤ 舟桥圣一：1904—1976，日本著名作家，生于东京，代表作有《木石》《雪夫人画卷》等。

⑥ 井上靖：1907—1991，日本著名作家，生于北海道，曾获文化勋章，代表作有《斗牛》《楼兰》等。

⑦ 吉行淳之介：1924—1994，日本著名作家，生于冈山县，代表作有《到黄昏》《沙上的植物群》等。

婚外恋的，我想前面列举的文学前辈也是如此。

下面是我个人的事情，下一本小说也并不想写婚外恋，只想写一对情侣之间绝对燃烧的爱，但它可能也会被冠以婚外恋小说之名。

总之，本意并不想写婚外恋，结果却可能会写成婚外恋。

我只想写一下健康的夫妻之爱。

然而，写一位潇洒和善的丈夫在家中和美丽的妻子激情相爱，有多少人会怦然心动呢？

老实说，可能会产生一种败兴而归或顺意而为的感觉。

实际上，确实用不着再拼命去写上了户口、受到国家法律保护的爱。

当然，我不是反对写夫妻之爱的小说，有些作家就擅长此类作品的创作，作品大都是描写妻子身体有病的患难夫妻。

作为作家，能从健康的夫妻关系中找到高涨的恋爱感觉，确实是不容易的。

而现在想要写不完整的绝对炽烈燃烧的爱，就写成了婚外恋小说。

我这样说，也许会遭到恩爱夫妻的斥责。明确地说，一对朝夕相伴的夫妻如果经常激情燃烧，那早晚会得病的。

在这种情况下，我想男方首先会倒下。

不管怎样，夫妻之间燃烧的激情，会随着时间的推移而慢慢消失。

取而代之的是相互信赖和安稳平静，此乃生活规律，用不着悲观。

不消说，有的人婚后仍追求激情和浪漫。

当然，这种贪婪会费心劳神，顾不上体面或虚饰，会损耗别人两三倍的精力向异性猛冲。

写真正的情侣小说，有喜悦，也有温情，是被这种生命体闪耀的一瞬之美感动，故而生动地描写从那里展现的人的自然状态。

要是有人说"这不算婚外恋小说吧"，话虽正确，但语气仍然有点儿不肯定，过于陈旧。

不懂这种感觉的人，也许永远不会懂。

似是而非的热情

最近，自己去参加各种演讲会，感觉相关的问题很多。

说这话，并不是指演讲会本身，而是指讲演前后主办方的应酬。

当然，一般情况是主办方彬彬有礼地接送演讲者，但也不是没有令人担忧之处。

对方自以为彬彬有礼，接待到位，但未必能够达到理想效果，有时甚至会让客人感到尴尬。

正常情况下，自己接到演讲邀请，首先会提前到达当地最近的机场或新干线车站。

当然，来迎接的人可能已经先到，如果自己曾经见过这个人，那就皆大欢喜。

如果前来迎接的人跟我没有见过面，就有点儿麻烦。

譬如有不认识的人站在机场大厅的门口，手上举着写有"渡边淳一先生"的纸质告示。

我看到告示便会凑过去问，虽是相互询问，但仍感到有点儿难为情。

如果自己说"写在那纸上的人是我"，就会让其他人侧目。且因为所有下飞机的人都能看到告示，自己不由得想说："赶紧把告示收起来吧！"

也有人拿着当作记号的东西，引我注目。比如拿着印有城市名字的茶叶筒或袖章站在那里等，还有人捧着我写的书站在那里等。

这要比被人举着写有自己名字的告示牌好一些，但有时记号难以辨认，我会感到困惑。

尽量不让他人发现自己的存在，是令人高兴的。

可能有的对接人见过我的照片，说："我认识先生，没有问题。"

我因此感到放心，然而在见面的时候，却意想不到地难。

前些日子，我去九州的某个市，下飞机后进了大厅，不见有人迎上来。

不会是对方忘了接机吧。心里这样想，便东张西望四下看，见大厅里没有多少人。

有位男士似乎在等着接人，于是便决定大胆问一下。

"您是不是……"

想问又觉得不太合适，便把后面的话咽了下去。两人互相对视了一下，对方露出诧异的表情。

觉得这个人不是，便去问下一个人，对方摇摇头，露出不知道的神情。

这是没来迎接啊！心里这样想着，步子迈向附近的公共电话亭，尔后往东京的办公室打电话。电话那头说："刚才还有人打电话问'先生没来吗？'。"

真是开玩笑。我是按时到达的。突然，旁边那个正在打电话的人扭头问道："您是渡边先生吗？"

刚才两个人还在并排打电话互相找寻，说是蹊跷也行，说是呆笨也对。

"照片上的您是端正地系着领带……"

确实，因为演讲前有更衣时间，我便身穿便装乘机，因而没有被发现。

要是因此而见不到的话，那该是谁的错呢？

总之，能辨认出未曾见过面的人，似乎不是一件容易的事。

　　再是在机场或车站按预定计划见到前来迎接的人，接着前往演讲会场。

　　这时令人担心的是，迎接者看到自己后，马上就引导着自己往迎接的车里钻。

　　当然，对方并无恶意，但是两人一见面，他就应当礼貌地自我介绍，然后递交名片。

　　既然他认出我之后主动引导我坐车，那他应当是演讲会的有关人员，但也不能绝对肯定。

　　如果稍微往坏里想，也许他是想要绑架我的坏人。

　　一般不会有这样的事。但对方究竟是何许人，他一句话也不说，就把我往车里塞，总是不太好。

　　从车站的检票口或机场的大厅到停车处往往很远，自己要跟在迎接者的屁股之后，走向接人的车。

　　如果这时候拿着很重的皮包，就希望对方主动说一句："我给您提着好吗？"

　　一般情况下，我的皮包里放着不少在途中看的书，相当重。

然而，迎接者抱着与己无关的态度，目视前方，一个劲儿地奔走。

　　"能帮忙提一下吗？"我想说出口，可终究没说出来，只好咬牙前行。对方突然意识到书包很重，只是回过头来安慰我说："马上就到啦。"

　　我在乎的并不是这事。

　　我终于忍不住了，开口问道："不能给我拿一下吗？"对方赶紧说："哎呀，对不起！"然后便接过皮包。

　　在别人说过之后，又做得很好。看来他没有恶意，性格似乎也不错。

　　要害是粗心大意，没想到皮包很重。

　　与其这样说，不如说可能没接受过这类教育：见长辈提着很重的行李时，要帮他提着！

　　终于到了演讲会场，对方礼貌地让自己先进休息室，不停地说："请！请！"

　　让长辈先走也许是谦让的美德，但我初到这个城市，并不知道休息室在哪里。

　　"您先走吧，我不知道休息室在哪里。"

　　我这样一说，对方才跑到前面去带路。

迎接者的任务完成了，按说并无什么问题，但自己总有种不协调的感觉。

觉得自己算是被热情地接待，但又觉得对方有点儿不热情。

表面光鲜的主张

我有事要去东京都厅。

因为有事，不得不去，这个地方一直以来就不愿去，尽量远离那座庞大的建筑物。

理由是仅抬头看看这座建筑物，就会感到压力，或者说感到可怕，觉得不舒服。为何要搞这样的建筑物呢？说来倒是瞎操心，但想到这是用纳税人的钱建造的，就感到莫名的悲哀。

这次写去东京都厅的事，并不是为了贬低这座建筑物。

因为在此之前，那些聚集在通往都厅的地下通道上的无家可归的人，都不见了。

那是什么时候来着？应该是在小火灾发生后，都厅设置了隔离栅栏，并强制那些无家可归的人搬迁了。

对此，好像有人反对，而我并不反对这事。好不容易建成的地下通道上，堆砌着无家可归者的瓦楞纸和破家当，不仅影响通道的美观，周围的店铺和路过的人也会感到不太舒服。

接受大众的谴责，都厅决定改变这一状况，并采取了强制措施。

走在宽敞的通道上，确实感到舒心。有点儿忧心的是那些被驱离的无家可归者去哪里了呢？

据说东京都将这些人暂时收容到东京的临时住所，并指导他们就职。真是这样的吗？

如果他们侥幸找到了工作，并有了稳定的住所，那倒万事大吉。遗憾的是他们中的大部分人属于无家可归者，迟早还会被赶出临时住所，再次流浪街头。

如果只看宽敞的地下通道，似乎一切都已了结，然而，不能天真地认为那些无家可归者都有了好去处。

之所以突然想起这件事来，是因为这种事不只是东京有，哪个城市都有无家可归者聚在一处的场所。

我本想写出地名，但怕写出来被误解为歧视，就作罢了。因为人们只要听到名字，就能知道是此类人聚集的场所，那里聚集着许多流浪的人。

即使不具体写出地名，一般在车站的后面或市区的河边都有无家可归者聚集和生活。

当然，近二十年来，这种现象在日本的城市急剧减少了，表面上似乎是干净了。

然而，那只是表象，看看新宿的地下通道，马上就能明白无家可归者依然大量存在。

对于流浪的人，持批判态度的人居多，认为在当今时代，找工作并不难，只要多少有点儿干劲，就不会无家可归。

而实际上，这些人并非全是因为贫困或生活困难才聚集。

在这些人当中，一定有因跟不上时代发展或人际关系紧张而逃离出来的人。

明确地说，现在的社会竞争激烈，出现因工作能力落后而生活困难的人是不可避免的。

似乎也有这样的意见：不是那么回事！现在所有的人都有平等的学习机会和工作机会，落后是其自身的问题。任何时代都存在优胜者和后进者。

总之，"优胜者"这个词本身就包含比别人优秀的意思，是由于存在不优秀的人才得以成立的。

被那些心情愉悦的优胜者淘汰的后进生，到底去哪里好呢?

在过去精英稀少的时代，后进者居多，人们越是后进越是互相依靠，互帮互助地生活。

其他方面不谈，你只要去到这种地方，就会被和气地迎入，也不会受到歧视。在这里，你可以按照自己的方式悠闲自在地生活。

然而，现在的国民意识都汇集于中上流，不包容后进者的存在。似乎被"平等"这个好听的词汇迷惑，把后进视为罪恶一般。

新加坡曾基于经济实力雄厚，清除了贫民街。

的确，那一带贫穷且污浊，让游客看到，有损新加坡的形象。

然而，虽然现在这里富裕整洁，却彰显出新加坡人情味和深邃的缺失。

因为那些所谓的后进者并没有去处。

无论什么时代，无论在哪个国家，后进者都是客观存在的，他们凭借自己微薄的收入寻找简易的住所。

哪怕是居住在贫民街，哪怕是与豪爽的男人聚集在一起，他们都不会乱花钱，也不奢求拥有漂亮的住房。

要是全部取缔这样的地方，就会引起大乱，但也不能仅凭口头上说漂亮话就能解决问题。

为什么呢？因为说这些话的人心里最歧视后进人群。

也就是说，嘴里说的和心里想的完全不一致。

要不就干脆按人群分类居住，东京都率先给那些无家可归的人安排一处免费的悠闲居所。

如果那样做的话，整个城市要整洁得多，大家都会觉得幸福。然而，这自然做不到。那些倡导民主主义和人人平等的人只能是"纸上谈兵"吧！

公开宣告患癌

近年来，罹患癌症的人好像越来越多了。

这里所说的宣告患癌，不是指医生对患者传达，而是癌症患者向大众公开。

从某种意义上说，向众人宣告身体患癌是正确的。就在最近，一位著名的落语家和一位漫画家相继宣告患上了癌症，好像引起了公众议论。

美国在宣告患癌这方面，一直是领先的。

很早以前，美国的医师就及时向患者传达患的是癌症，以求在今后的治疗中得到理解和配合。

然而在日本，绝大多数人不赞成将病情告诉癌症患者本人，二十世纪九十年代初的告知率仅在百分之二十左右，有的医院甚至对亲属都隐瞒病情，不做告知，且这种情况不少。

不告知的理由是：如果贸然告知患者，患者会沮丧并产生精神压力，导致其体质急剧下降，加速死亡。

从实施效果上看，确实有不少这样的病例，其中还有得知实情后自杀的人。

不让亲属知道，是害怕患者会根据亲属知情后的态度推测，变得疑神疑鬼，反倒容易引起医疗纠纷和家庭矛盾。

与那时候比，好像现在各方面都有了进步。

近年来，几乎所有的医师都赞成通知患者，也有百分之七十的患者希望知晓病情。

实际上对患者隐瞒病情，非常不利于治疗，患者也难以积极地配合，再说隐瞒也有个限度，可能到最后不得不告知患者实情。

如果是这样，还不如从一开始就明确地告知患者，让其积极配合治疗。出于这种考虑，及时告知患者病情的做法便慢慢普及开来。

在美国和欧洲发达国家，出于种种考虑，医师和患者会打成一片，共同对抗癌症。

不知是福是祸，日本的医师和患者就没有这么强的合作精神。

在此还有一点提醒大家，美国公宣工作之所以先进，与美国独特的法律制度分不开。

医师如果向患者隐瞒病情，只是憋足劲地治疗，事后被患者诉诸法律会承受不了。医者对此的顾虑，推进了对患者的癌症宣告。

不同于医师的工作所需，患者自己公开患癌的事实，有着怎样的意义呢？

据说愿意公宣的癌症患者，大多是电影演员等业界名人。

这些人当然会受到大众的关注，身体是否患癌也成为关注的热点。

如果身体患癌，本人想要隐瞒，媒体会千方百计地打探虚实。而且，有时还会被人胡写一些不实的报道，那样更让人感到郁闷。这样说起来，公宣了反倒痛快。

考虑到各方面的问题，公众人物还是早点儿公布健康信息比较好。话虽如此，本人有会见记者主动相告的必要吗？

生病是个人问题，总觉得通过媒体传达信息，似乎不太合适。

如果确实有紧追不舍的媒体，家人转达就够了："您说得对，是癌症，现在正专心治疗，请不要打扰他！"

并不是说被外界得知不好，人各有想法，不应该说三道四，但无论如何，不应该大张旗鼓地宣传。

至于当事人站出来，说"正在勇敢地与癌症做斗争"也好，说"将忽视现代医学的诊断"也好，那些都是个人行为，我不认为本身具有很大的意义。

可现状是，一个名人一旦患上癌症，就会被大书特书，被捧得像悲剧中的主人公一样。

而日夜为患癌苦恼并正在与病魔做斗争的人，会以怎样的心情看待这种事情呢？

越是大肆宣扬和报道名人患癌的信息，越容易给人留下一种印象：癌症确实是一种让人无奈的不治之症！

的确，现阶段癌症对人类来说是最大的疾病威胁，但是也并非得了就会死亡。

只要相应地采取适当的治疗，有的人会治愈，有的人会不再扩散和发展。

将所有的癌症混为一谈，是用悲哀和同情的色彩涂抹现实。

我对名人患癌公宣有疑问，并非针对患者本人，而是对大张旗鼓报道此事的媒体感到疑虑。

确实，患上癌症是一种悲剧，但如果太过张扬，就会令人扫兴。

特别是专访节目，往往为了煽动观众的情绪而做专题，观众的好奇心不言而喻，被访者也往往趁机撒娇或博取人心。

就是说，这些轻浮的东西有点儿令人厌烦。

总之，患病就是患病，这是严肃的现实。如果用单纯的好奇心和看热闹的心态对待它，就不会让人佩服。

工作态度男女有别

最近，有位女士有点儿忍耐不住了，对我发牢骚说：

"上司无论到什么时候都是上司啊。"

就是说，她有着某种精神压力。仔细思考一下，这是个相当严重的问题。

人在进某家公司时，或者被分配到某个工作岗位时，可能会发现自己有个令人讨厌的上司。

尽管觉得这个人不怎么样，却不能抵触和反抗。

这个上司，可能直到自己离开公司一直是上司，由此想来，就觉得不堪忍受。

虽然厌烦上司，但是在日本这样的年功序列社会里，这是摆脱不掉的宿命。

对她来说，男上司客观存在，要想摆脱这种环境，消除精神压力，只有自己要求调整工作岗位或从公司辞职。

要么职位向上，超过上司。

然而，一般女青年在职位上超越男上司是罕见的，大部分女性只有从公司辞职这一条路可走。

她今年三十六岁，单身，在某广告公司的代理店工作，好像对工作相当不满。

首先是她的男上司不负责任，是个多一事不如少一事的懒散家伙。

对于提交工作计划，他不愿去做。如果工作计划通过，具体事务都会落到她的身上。

因此，她的工作很繁杂，几乎没有喘息的时间，而周围的男士工作都很轻松，其中还有偷懒耍滑却照拿工资的人。

"这伙人真的不行啊。"

她很能干，看到周围的人懒散，好像很生气。

"对此厌烦透啦。"

她很难过地说。于是我便劝她道：

"你也可以稍微偷点儿懒嘛！"

她对此却不接受。

"我不会干那不正经的事。"

那她的精神压力不就没法消除了吗？

"用不着你独自兢兢业业嘛！"

"都那样做事，公司会倒闭的。"

"倒闭了也没多大关系嘛。"

"我不能干那种不负责任的事。"

既然如此，那该怎么办呢？

接受咨询的我，也没有应对办法了。

与这位女士交谈后，觉得她这样的女性有点儿不太适合到公司里工作。

这么说，也许有的女性会指责我歧视女性！然而，我这里不是贬低她们的工作能力，而是专指她们的性格。

与男性相比，女性因诚实而工作起来一丝不苟。

当然，在现实中，有的女性生活很邋遢，但她们工作起来从不偷工减料，总是专心致志。

许多男人生活吊儿郎当，工作也不认真。做小事不用说，就是做十分重要的工作，也很草率和鲁莽，不积极应对。

对于自己的上司，哪怕是个令人讨厌的家伙，也多说恭维话，装作服从。

同样是做工作，他们不像女性那般竭尽全力，只有面对非常重要的东西或对自己有利的事情，才会认真对待，对于不怎么重要的事情则消极怠工。而花起公司的钱来，则大胆又大方，装出一副若无其事的样子。

男人的这种轻率，是从哪里学的呢？

男人在小时候往往以淘气大王为中心组成小团体，并由此慢慢学会在社会上生活的智慧。也许说得有点儿夸张，但这种影响确实客观存在。

学会对上司拍马屁，明哲保身，要说卑鄙是很卑鄙的，但是换一个角度看，那也是适应复杂社会的一种技巧。

与其说是男人狡猾，不如说是几万年来外出工作的雄性群体遗传下来的社会基因和生存习性。

最近，在社会上工作的单身女性中，月经不调与子宫肌瘤的发病率正在提高。

可能是因工作岗位受人瞩目而产生精神压力所致。

不少妇产科医师认为这是产生或加重这些病症的主因。

作为应对措施，最令人满意的当然是退出职场，在家生儿育女、相夫教子；如果做不到这一点，就应尽力减少工作岗位带来的精神压力。

建立适合女性工作的职场，让其从事有价值的工作最为理想。但这一点很难做到。最现实的办法，就是她们自己不承担太大的精神压力。

理所当然的，她们需像男人一样工作马虎些，生活邋遢些。

即使有相当的不满，也不要挂记在心头，有时要以随波逐流为快乐。

假若女性秉持自己的信念"不去做那样的事！"，就永远得不到拯救，也不会顺心。

男人是在漫长的人类历史中，一直在外面工作，因而逐步掌握了偷工减料的方法。

男人和女人固然在工作能力方面没有差别，但有些方面并不趋同，尤其是在对工作的态度上。这方面的差别要远远大于工作内容的差别。

关于"海洋日"

"七月二十日是什么日子？"如果这样被人问，当场给出正确答案的人也许很少。

答案应是"海洋日[1]"。

这是前不久确定的节日，不被众人所知，完全可以理解。

可能因为这是刚开始的节日，又与星期六重合。即便如此，其知名度也很低。

下面探究一下根由。

首先是为什么这一天被定为"海洋日"。

就此询问过几位博学多识的编辑，回答正确的人几乎没有。

---

[1] 自一九九六年开始，日本将七月二十日定为"海洋日"。自二〇〇二年起，"海洋日"改在每年七月的第三个星期一。

当然，我自己也不知道，是问了某个有关人员才知道的。其主要依据是：

一八七六年，明治天皇乘坐"明治丸号"灯台视察船，从青森经函馆到达横滨。到达之日是九月二十日。与此相关联，总理府确定了"海洋日"。

这才是正确答案，也难怪一般人不知道。

如实说，这有点儿生搬硬套，或者说是根据不足，甚至想反问："为何要这样？"

过去有个"海军纪念日"（大概是五月二十七日），是为了纪念日俄战争时，日本海军击败了强敌俄国的波罗的海舰队。

如果将这一天定为"海洋日"，我觉得更有意义。

当然也有人会反对，说战争过于惨烈。但是，无论是哪一场战争，假如输了，都很难有现在的日本。

现在的日本，完全可以庆贺保卫自己国家的重要日子。

这些日子，对于国民来说，远比明治天皇视察灯台到达横滨的日子有意义，那是值得自豪的日子。

当然，要是把炎炎夏日想去洗海水澡的日子定为"海洋日"，则另当别论。

对于"海洋日"的确定，表现最积极的是日本船主协会等海运界，他们向政界做宣传工作，同时征集了约一千零四十万人的签名。

总理府认为：签名者约占日本总人口的一成，应肯定其热忱，所以决定设立"海洋日"。

然而，此举或许会遭受斥责。仅靠签名是靠不住的。

若说签名者约占总人口的一成，其实除去年幼的孩子和羸弱的老人，实际上能达到三成左右，即三个人中就有一人签名，但没听周围的人说签过名。

不管怎样，这些人好像是顶着巨大的压力和怀着满腔的热忱才实现节日的设定，据说起因是近年来大海污染严重，呼吁人们在净化环境的同时，意识到大海对人类的重要性。

这么听起来，觉得有道理，但也不能否认其中存在着官方单方面强加于民的老一套官僚作风。

证据是，在二十日之前的晨报上，基本没有关于"海洋日"的报道，电视上也没见到关于"海洋日"的节目。

至少是我身边的若干人，没有一个人了解"海洋日"。

恰巧二十日这天，我待在京都。与人聚餐之后，我到花见小路，却发现一个店铺也没开门。

这天是星期六，京都的景象应是游人如织，饮食街更为繁忙，为何却冷冷清清呢？

自己觉得纳闷，便给某酒吧的老板娘打电话。对方回答说：不知道今天是什么节日，只知道是节日，就歇业了。

语气中透着无奈。

"生意本来就不景气，再增加节日，不好办啊。"老板娘哀叹道。

国会众议员赞成增加节日，可以讨好国民。大型企业的员工更是非常欢迎增加节日。

长此以往，节日会一味地增加，但是有些行业的人，比如女招待这种从事日薪制工作的人，生活会受到严重的影响。

不限于她们，靠日薪生活的人还有很多。对于这些人来说，过节不仅不快乐，反而心情郁闷。

然而，要求增加节日的请愿活动仍然兴盛，恐怕节日还会不断地增加。

打比方说，设立了"海洋日"，可据此类推出"山岳日""森林日""晴空日"等。

这些节日都和"海洋日"一样，不能说不重要，理论上都能说得通。

有钱有势的团体推荐的日子很有可能成为节日。其实，还是不要制定针对全民的节日为好。

要是想增加国民休息时间的话，可由各行业、各企业自行制定自由休假制度，官方只给出指导意见。

假如说是为了考虑这样的事才确立的"海洋日"，那就具有非凡意义了。

电影中女佣说东北话

一说到亚特兰大，老一代的人可能就会想起《飘》这本书。

玛格丽特·米切尔的名作《飘》是以这个地方为生活舞台的，以此改编的电影《乱世佳人》也获得了好评。然而，令人想不到的是，这部作品在当地并不受欢迎，因为其内容关系到白人压迫黑人的种族歧视问题。

这部小说以一八六〇年代美国南北战争时的白人家庭生活为背景，描写了千金小姐斯嘉丽·奥哈拉的爱情故事，其中有使用黑人女佣和男佣的情节。

就是说，这部分内容与奴隶制下的歧视黑人相关。

亚特兰大虽位于美国东部，却是黑人特别多的城市。在二十世纪末，黑人约占市民的六成，市长也是黑人。

因此，小说中出现黑人伺候白人并被呼来唤去的场景，引起了很多人的不满。

话虽如此，这座城市因这部小说进一步提高了影响力，由此访问该市的游客也非常多。

几年前我曾去过该市，那里一直保留着作者米切尔的故居，电影《乱世佳人》在专门的影院每天重复播放。

对此，奥组委曾倡议："尽量少播放南北战争时期的影片！"尽管如此，感觉不快的人好像仍然很多，五月中旬，米切尔的故居第二次遭到放火的威胁。

据说美国的某企业瞄准了为奥运会规划的、以"飘的故乡"命名的主题公园，但找不到赞助单位，那块地一直荒着，至今仍是原野。

都说《飘》会助长对黑人的歧视，突然想起电影中斯嘉丽小姐让那位大个头肥胖黑人女佣帮着穿紧身衣的画面。

不只这个画面，电影中还有很多黑人登场。在我看来，其中没有什么任意欺凌和奴役之类的情景，只是有着黑人被雇佣，侍奉作为主人的白人的镜头。当然，这种情况在当今的美国不被允许。

根据日本的情况思考这类问题，也许有点儿像历史剧中武士让商人下跪或者指使农民干这干那的场景。

在日本，类似的电影和电视剧多得很，现在从事商业或农业的人看到类似的场景绝不会发牢骚。

因为两方同为黄色人种的日本人，如果说的是东北地方的农民，也许会发生一些问题。

亚特兰大的黑人感到不快的正是这一点。过去的黑人都比较贫穷，属于被白人使唤的一方。

时至今日，种族歧视的观念好不容易变淡了，他们不想让年轻的黑人看到老一辈受雇于人的场景，让年轻的白人看到也不好。可能这是发自肺腑的吧。

话虽如此，米切尔却因此遭受了意想不到的灾难。

她在创作《飘》时，做梦也想不到会牵涉到种族歧视。她采用的是现实主义手法，如果被人说这样不好，那真没办法。

种族歧视是社会问题，硬要与文学作品挂钩，让人无奈。

我想说在日本不会出现这样的问题，又觉得不能这么说。

这从《飘》的日文版配音就能看出来。

在这里，配音演员大多是日本人，也有外国人，问题出在黑人女佣出场的台词上。

当然，这里有异议的不是人权问题，而是语言问题。

具体的台词忘记是什么了，好像有"小姐，是的"之类的话语。

不清楚女佣的配音演员说的是哪里的方言，但那肯定是东北地方方言的一种。

一位出生在东北地方的朋友看了这部电影，很生气。

"为什么要让黑人女佣说东北话呢？"

他是福岛人，对东北地方方言非常敏感。

他愤愤不平地说："这就是歧视！"其心情完全可以理解。

的确，为黑人女佣配音，没必要非说东北话。说鹿儿岛话、名古屋话或者大阪话都行。

无论在哪个县、哪个地区，都有腰缠万贯的大富豪，也有因贫穷而被迫当伙计的人。

为何非要让女佣说东北话呢？

这的确是歧视。

下次配音，还是让黑人女佣改说京都话吧。

改说"小姐，是吗？"。

可能也有人认为黑人女佣这样说话不太合适。

所谓的种族歧视不是理论，可能是生活在现实中的富人们的感觉偏差。

全国高中职业棒球大会

七十年来，高中棒球比赛与其说是夏季的一道风景，不如说是具有轰动效应的夏季国民活动浪潮，沉浸在其中的人非常多。

在夏季的高中棒球比赛中，有一个自己很受触动的场面和一句特别喜欢的台词。

那个场面就是八月十五日正午时分，停止全部比赛，全员进行默祷的仪式。

这个仪式是为了让全体国民重新认识和深刻了解战争的残酷和危害，具有向往和平、祈祷幸福的意义。

当然，不了解战争的高中生们也许只是低下头跟着默祷，但不管怎样，全民一起低头就具有相应的意义。

喜欢的台词是"棒球的夏天结束了"。

在举行闭幕式时，或是失败的球队离去时，人们会反复说这句话，有一定的实在感。

当然，播音员不会说这样令人作呕的台词。不过，这是句多用途的台词，很多时候都能用。

比方说某考生考一流大学，屡试不中，最后不得不放弃时，可以说："学子的夏天结束了！"

男生追女生，最后被她甩掉时，可以说："浪子的夏天结束了！"

某某在公司与人竞争，最后输给同事时，可以说："勇者的夏天结束了！"

妻子逃离丈夫时，可以说："凡夫的夏天结束了！"

这句台词有着某种达观和甜蜜的陶醉感。

前几天，自己抽空从电视上看了一下高中棒球比赛，一位前来办事、来自东北地方的人陪我一起看。正巧是和他一个县的高中代表队出场。

对手是关西的高中代表队。这是一场比分一直相差一分的鏖战，我想他一定担心家乡队败北，然而他始终是一副无动于衷的样子，即使是在家乡队领先之时。

我为他的家乡队感到高兴，便赞扬道："你的家乡队很强啊！"他却冷冷地回答道："赢了输了都无所谓。"

至于是东北地方的哪个县，名字不便说。他对此解释道：

"那个高中代表队是我们县的，但队员基本不是在当地出生的，有一半以上的队员在关西出生，到现场，就可以听到他们说关西话，所以不想助威。"

我听了很惊讶，原来是这样！

"至于那家高中，真正当地的学生参赛，根本去不了甲子园，所以这个队赢了挺好，输了也没关系。"

当他办完事情告辞后，来了一个出生于关西的编辑。

比赛已经接近尾声，看样子关西的高中要输了，我认为他会感到很遗憾，但他心绪平定，说法冷酷。

"那所高中是一所特殊学校，跟我们没有任何关系。"

看来他不仅认为无所谓，而且不觉得那是关西的代表队！

现在的高中棒球比赛，排名靠前的一般是私立高中，好像这些学校从全国各地引进了一些棒球技艺高超的学生。

这样的学生有多少人，并无准确的数字，只知当地学生所占的比例年年在降低。

难怪这两个人不愿给各自家乡的高中助威了。

确实，如果观众席上有人喊着东北话在助威，而操场上比赛的选手却喊着关西话，就会令人败兴。

为防止作弊，应像职业棒球队限制外籍选手那样，限制出生于外县的球员的比例比较好。

一直像现在这样，当地人与球员的一体感就会减弱，代表队也会感到孤立。

必须改变这种倾向，派出真正代表我们当地的球员——这种心情完全可以理解。

这样才能像高中棒球联盟协会会长所说的那样："全国四十七个都道府县的代表来到这里，汇聚一堂。"

现在的代表与其说是地区的代表，不如说是富有才华且久经训练的优秀球员的代表。

会长先生的话也应改成：

"全国高中棒球的尖子来到这里，汇聚一堂。"

这并不是挖苦。

一些高中棒球比赛的粉丝们认为没有必要非让每个县派一支校队参赛。

还有这样一种意见：只想看棒球技艺高超的选手进行超高中水平的比赛！

如果是这样，瞄准甲子园的高中球队就不能好好学习知识了。

其实，我觉得他们现在也没好好学习……

只有把学习扔在一边，一天到晚全身心扑在棒球上的天才球员，才能来到甲子园。

那样的比赛有看头，粉丝们也会高兴。

真要是这样的话，高中棒球比赛的全称也应做如下改变：

"全国高中职业棒球大会"。

从明年起改成这名称，就体现出了实际的状态。

容颜易改，嗓音难变

这是很早以前的事情，我认识的一个女性做了美容整形手术。

具体说，就是隆鼻手术，将一个硅胶做的球状物垫到鼻梁下面。

做了隆鼻手术后，其面部形状和表情都有了变化。

首先是鼻梁变高，原先眼睛和眼睛之间较为平坦，术后高高隆起，表情变得可怕了。

这么说吧，她原先长着一张"淘气"脸，显得很可爱。鼻子增高后，面部变得不柔和，感觉难以接近了。

当然，她希望拥有这副相貌，那倒没关系，但我们还是认为以前的相貌好。

她的男朋友 K 是赞成她隆鼻的。虽说她因隆鼻而变得难以接近了，但也不能敬而远之吧。

　　男朋友和她仍然一次又一次地幽会，但在某一天，我突然发现她的鼻子有点儿歪。

　　因为身处札幌，正逢冬天寒冷之时，可能是因为垫着硅胶的鼻子表面皮肤血液循环不通畅，看着有点儿发红。

　　她的鼻梁确实有点儿右倾，我便问了问她的男友，他坦率地点点头。

　　"我也觉得有点儿歪，怎样才能治好呢？"

　　他这样问，我又不是专攻美容整形的，确实不懂，就没有回答。

　　我猜测是垫在鼻梁下的硅胶稍稍挪动了位置。

　　"不会是她经常从左侧按压鼻子吧？"

　　他说他不知道，但很快又恍然大悟般嘟囔道：

　　"也许是我总从左侧与她接吻。"

　　"这就是了。"

　　无论鼻梁多么低的人，从正面与人接吻，鼻子必会撞到一起，一般是从右侧或左侧接吻。

　　如果总是从左侧反复接吻，垫着鼻梁的硅胶自然会向右倾斜。

"那该怎么办呢？"

K好像很担心。我便向他提了个建议：

"以后改成从右侧接吻怎么样？"

他是否照办了，我不得而知，但她的鼻梁很快就居中了。时隔不久，两个人走进了婚姻的殿堂。

现在的美容整形技术日新月异，可以让一个人实现华丽变身。

隆鼻手术也不再用硅胶，而是将两侧的鼻翼挪近，让鼻梁自然隆起，这种方法可谓一举两得，既省工省料，又接近自然。

前些日子逮捕的犯罪嫌疑人福田和子，可能就是用这种方法将鼻子隆高，并做成双眼皮的。

媒体报道说，她的嘴部也做过手术，为美容整形花了很多钱。

女性整了容，换了发型，改变化妆风格，再大胆地改变着装，很难看出过去的模样。

女性化妆后会与之前判若两人，再加上整形，难怪大家认不出来。

某整形外科医师对于给她整容，起到协助其逃亡的作用感到自责，说要出资奖励报警者。这是为什么呢？

可能他确实觉得自己应该负责任。可是，他特意自报家门，说出姓名，甚至要出奖金，让人觉得他是在蹭热度，为自己精湛的技术做宣传。

无论怎样，现在已经不是仅凭照片、目击证词和模拟画像就能逮捕犯人的时代了。这是确凿无疑的。

这次福田和子被抓，爱媛县警方及时公开其整容前后的照片起了很大的作用。

如果不公开照片，恐怕就不会那么容易抓到她，也许破案就会遥遥无期。

无论承认与否，电视的宣传效果是巨大的，警方应更积极、更及时地公开相关信息，通过媒体发动群众参与破案。

这样破案，要比日夜操劳、疲惫不堪的警官们通过不停地走访、调查获取资料要迅速得多，还节省经费。

有趣的是，这次的报警者是依据嫌疑人说话的声音来报警的。

当然，照片也起了作用。据说报警者是听到被公开的录音带上的声音，才确认"就是这个女人"。

的确，改变容貌可以蒙混过关，改变声音却很难。如果想要改变，必须拨弄声带，那是不得了的手术。

不，与其说不得了，不如说如果故意把洪亮的声音弄成哑嗓子，更容易被人怀疑。

还有，报警者说"侧脸从额头到鼻子的线条都像福田和子"，这点也饶有趣味。

确实，从侧面看额头，不弄碎额骨就改变不了其形状。

更有趣的是，这个女人愿意接近人，有着乐于与人交谈的性格。

好像她在下榻地点和工作单位很注意回避他人，而在附近的店铺或酒馆，就露出天性，与各种人轻松地交谈。

当然，她可能隐姓埋名，说的是自己虚假的历史。不管怎样，她喜欢交谈的天性暴露了自己。

如果她保持谨慎，始终沉默，也许就不会被发现。然而，性格和声音都是难以改变的。

也许她是因整过容而过于放心才使自己被发现的。

这叫藏头藏不住尾。

不，应该说是容颜易改，嗓音难变。

夏天结束了

从八月初来到札幌郊外的别墅，至今已十多天了。

离开炎热的东京到北海道避暑，被各种各样的人羡慕，我自己也觉得机会难得，但是实际情况并非如此。

的确，北海道很凉爽，但也并非净是好事。

我是本月五号到北海道的，那天天气晴朗有薄云，最高气温二十三摄氏度，与气温连日超过三十五度的东京比，确实是天堂。

第二天天有些阴，风很舒爽。

上午打了一轮高尔夫球后，与从东京打来电话的编辑谈到气温的事，对方连声说："那里好啊，好啊。"

被对方羡慕，感到惬意。

不能说"怎么样，比东京好吧？"，但内心暗自欢喜。

可是从第三天开始，天下起雨来。

天气预报说，长时间覆盖东北一带的低压槽北上，已经移到了北海道。

雨一直下，九号、十号连续下，到了十一号也没有要停的样子。

好像低压槽赖在北海道上空不走，给人以到了梅雨季节的感觉。

不过因为是在北海道，并没有东京梅雨季节又湿又热身上发黏的那种阴郁。

风伴着雨，气温不上升，白天低于二十度，晚上降到十二三度。

之前来过电话的编辑又问："那里凉快吗？"

"岂止是凉快，感觉都有点儿冷。"我喃喃地说道。

"不过，那比热好多了。"

"但天一直下雨啊。"

本想让对方赞羡北海道，却不由得说了实话。

"根本见不到太阳。"

可能发牢骚起了作用，到了十二号，雨终于停了，太阳露出了笑脸。可到了晚上，雨又下了起来。

雨一直下到十三号上午，下午出了一阵太阳。从傍晚开始又阴天，夜里下起了毛毛雨。

以前站在别墅窗前，能清晰地看到札幌那灿若星辰的灯火，今晚根本看不清楚。

现在是十四号的拂晓。

不，这么说也许不精准，就称之为"黎明"吧。

自己从凌晨三点半开始写稿子，到了四点十分，看到平原远处出现一束带状的白色光芒。

随着时钟的滴答声，它慢慢拓展，到四点半时，夜空白了一半。

房前那绿茵茵的草坪和被夜雾打湿的小路便慢慢清晰起来。

今天没有下雨，好像有风，窗外已经盛开的波斯菊随风摇曳。

天气由阴转晴，风有点儿大。

虽说天气逐渐晴朗，炎热却不会再次袭来，北海道的人们对此有着深切的了解。

因为进入盂兰盆节后，夏天就过去了。

最多天气变得暖和一点儿，气温超过二十摄氏度，但不会超过二十五度。

当然，人们不会再去下海，海水浴场十三号就关闭了。

个别人去下海，见到的是广阔的大海，空旷的海滨沙滩上散布着被人们遗弃的空易拉罐。

在我居住的别墅附近的小学里，好像从今天开始跳盂兰盆会舞，响亮的大鼓声向人们宣告着夏天的结束。

我还是少年的时候，经常穿着短袖衣服参加这样的舞会，当从跳舞的队列里脱离出来，踏上归途时，常感到胳膊上凉飕飕的，有时还打冷战。

袭人的凉气昨晚已来过一次了。

大街上的啤酒园三天前已经在电视上宣告关门。

大街上的花坛开满了五颜六色的花，喷水池附近却凉飕飕的，没有人光顾。

出租车司机曾对我说：

"过了盂兰盆节，更无惬意可言啦。"

从那草率的语气中，隐隐透露出北国人好容易过个夏天却不能充分享受炎热的遗憾和焦躁。

北海道的人向往炎热，盼望炎炎夏日持续永恒。

因为这里的夏天稍纵即逝，过于短暂。

已故的母亲也常说：

"难得天热啊。"

对此，北海道外的人是不会理解的，而对于北海道的人来说，炎热却是切切实实的愿望。

他们希望炎热的夏天一直持续。

然而，愿望代替不了现实。

从明天开始，进入盂兰盆会，天高云淡的秋空将赶走脚步匆匆的炎夏。

北海道的朋友说，八月十五日，既是日本的终战纪念日，又是北海道的"终夏之日"。

此时又恰逢甲子园宣告"棒球的夏天结束了"。北国的秋天就要到了。

复原的照片

星期天晚上播出的《你以为知道？》这个电视节目，缺点是所报道的人物尺度太大或年代太过久远，但作为人物实录，制作人能在短时间内归纳得主题突出且通俗易懂，也是可圈可点的。

虽是人物实录，但观众对人物生平介绍和事迹也不能全信。如果盲信一切，就很危险，因为有时会有错误。

比如以前介绍过的细菌学家野口英世①，说他当时发现了非洲流行的黄热病病原体并研制出疫苗，解救了许多因患病而遭受痛苦的人。事实不是这样的。

------

① 野口英世：1876—1928，日本细菌学家、生物学家，生于福岛县。

确实，野口博士去过非洲，致力于黄热病研究，但没有发现病原体，也没能完成疫苗研制。

他告知世人自己发现的黄热病病原体，实际是对与其病情非常相似的威尔士病病原钩端螺旋体的误认，他研制出的疫苗虽对防治传染病很重要，但对黄热病没有效。他自己就是因患上黄热病而死的。从这一点看，介绍是有误的。

当然，野口英世是研究黄热病的先驱，其发现的黄热病病原体是误认，凡是研究细菌学的人都知道。电视节目制作人应事先稍微做点"功课"。

《你以为知道？》这个栏目名称，不应包含"以为你知道"的意思。当然，发牢骚没用。

比较有趣的是，该栏目最近介绍寺山修司①的故事。

如大家所知，寺山修司在早稻田大学求学时，凭借题目为《酪荷叶节》的五十首短歌登上歌坛，后来又发表长篇戏曲和广播诗剧等引人注目的作品，其实验性手法被当时的年轻人纷纷效仿。然而，他在一九八三年就因病去世了。

---

① 寺山修司：1935—1983，日本剧作家、诗人，生于青森县。

感觉有趣味的，不是寺山的简历和业绩，而是一张让嘉宾们反应各异的复原照片。

看过节目的人可能还记得，节目中曾出示过一张照片。

这张照片是修司和他妈妈的合影。不知何故，这张照片的中间被斜着剪断过，后来又用红线认真地粘在一起，但锯齿状的痕迹掩盖不了。

节目对照片之谜是这样解释的：修司和妈妈合影之后，他妈妈与驻守在三泽基地的美军士兵交往甚密，最后发展到离家出走。修司对此感到愤怒，出于对妈妈的憎恨，他拿剪刀将照片从中间截断，后来又用红线将照片复原，这反映出他纵然憎恨妈妈，却无法剪断母子之间的骨肉亲情。

这样的解释确实具有说服力，作为嘉宾，首先出场的是吉本兴业的一个名叫多米兹雅的演员。他表示，节目深切地传达了母子之间虽憎恨却互相关心的血脉亲情，令人感动。

对此，曾与寺山修司一同工作过的电影导演筱田正浩却另有见地，他告诉人们，这张照片就是为日后拼接而剪断的。

他认为，寺山修司在生活中总是以戏剧性的做法来自我陶醉，也想使别人陶醉。他会将好好的照片用剪刀剪断，再用红线拼接起来，这符合寺山修司的个性。

摄影家浅井慎平对此表示赞同。听到这话的多米兹雅则大为光火，说自己好不容易被节目感动了，他却说出让人扫兴的话。其他嘉宾似乎也感到不满。

我感觉节目有趣的地方是在座的嘉宾们意见相左，也可以说是对节目介绍的人物了解的人和不了解的人互不相容。

多米兹雅完全不了解寺山修司，故而把他看成传奇人物。而对于筱田正浩来说，寺山修司不过是活跃在身边、相互熟知的朋友。

当然，对这张照片的解读，大多数人认为筱田的意见正确。我和寺山是同一代人，通过阅读他的作品，能够感受到筱田对照片的推测是合理的。

"擦亮火柴杆，眨眼大海间，茫茫雾笼罩，祖国犹安然。"

这些被称为寺山代表作的诗句，表现着将虚构与现实镶嵌在一起的故事性的趣向。

写下这般诗歌的人，会事先考虑把照片剪后用红线缝合，让人觉得不可思议，理应是把照片撕碎后扔掉。

在这里说谁的意见正确或错误，没多少意义。多米兹雅说很受感动，筱田说有意而为之，可能都是真实感受。

令人担心的是，将来像筱田正浩这般对寺山修司很了解的人不在世了，人们会对他做怎样的解读呢？

可能会将他吹捧为传奇人物，只报道虚构的部分，走不同寻常的道路。

比如，若干年以后，电视台再次报道寺山修司，观众看到被剪断又复原的照片，可能所有的人都会一味地钦佩寺山，缅怀他的爱母之情吧。

当然，并不是说这好或不好。

只是想说，对于传说中的人物，经常会被蒙上"传说"的面纱，后人过于强调虚构的情节，看不见真实的样子。

青森，而后是恐山

秋季的一天，天气晴朗，我到青森市演讲。

二十世纪七十年代，我曾去那里参加过《文艺春秋》社的演讲会。

青森这地方，我在青春时代就与之融合得很深。

当时从东京至札幌的航班很少，每当自己乘青函联运船时，就会踏入这个城市。

返京时，很多时候是深夜离开函馆，早晨到达青森。

可能是春天去得多的缘故，在码头下船后，经过长长的栈桥去火车站，总觉得冷飕飕的，驶来的火车头总冒着白色的蒸汽。

到站上买个盒饭，在椅子上一落座就想：从这里顺着陆地就能到东京了。

另外，归途经过青森，一看到积雪覆盖的群山和冷冰冰的海水，心里就想：东京很快就到了。

话虽如此，那里离东京仍很远。从札幌启程后又坐火车又乘船，到东京差不多需要二十四个小时。

漫长旅途的转折点是青森，它与联运船一起，洋溢着港城的寂寞和情调。

二十年后再到这里，在秋天晴朗的天空下，青森已没有了旧时的风貌。青函联运船早已取消，长长的栈桥也不复存在，城里大楼林立，一派现代景象。

"青森——最边远之城"的印象已经很淡了。

当然，这对于居住在青森的人来说，并不是件孬事。

外地游客往往会寻求当地的情调和情趣，而久居那里的人对此置若罔闻。

只要过上富裕而舒适的生活，当然不会回避城市化和现代化。

联运船的取消就是其一，过去过津轻海峡，乘船需要近五个小时，现在经青函海底隧道，大约两个小时就能到达。

问题是修建隧道之时，为何没一起修建自动车①道呢？一起修建该多么方便啊。

如果说是预算的原因，那到此为止。不过，好不容易做一项大工程，顾此失彼，效果就会减少一半，不！会更少。

如果津轻海峡有了公路，除了冲绳，整个日本都可以用公路连接。

所谓的统筹兼顾，应该就是这个意思吧。

之前我曾想，要是去了青森，就去恐山看看。

因为恐山位于青森县，应当不远，但查了下地图，发现离下北半岛的北端很近，距城区相当远。

无论如何都要去一趟。

我成行了，从青森到大凑乘快速列车用了约一个半小时，又乘出租车到山上用了三十多分钟。

说起来很轻松，而直通的电车一天只有四趟，还是不方便。

在下北一带有个说法："要死就去恐山。"从实境看，这是

———————————

① 自动车：日本对"汽车"的称呼。

一座荒凉的山，会让人想象到死后的世界。作为灵场，这里汇集着不少人的信仰。

据说这一带有些自幼失去视力的女性，经过严格的修行，具备了作为灵媒的能力，能唤回过世人的灵魂。权且称她们为"女巫"吧。

如果真有可能，很想借她们的力量见见自己去世的父母。

我去走了一趟。结果如何呢？

如实说，恐山并没有想象中的那么可怕。

可能是因为天空晴朗，环境太过明亮。

对难得的晴空万里发牢骚不对，但是像恐山这样的灵山，也许还是天气阴沉、雾气弥漫比较好。

山麓一带建有菩提寺，可以经大门到山门，还有安置着地藏菩萨的地藏堂，周围散布着无间地狱、阿修罗地狱、血池地狱、冥河河滩等几个听到名字就让人感觉可怕的地方。

这一带本来就是硫黄山，硫黄的热气使草木枯萎，露出只有石头的白色地表。还有硫黄泉，泉水流经的地方由黄色变为茶褐色，故起名"血池地狱"。令人遗憾的是硫黄泉的活动基本停止了，没有所谓地狱的可怕。

从总体上看，整个恐山要比想象的平坦，因硫黄而白色化的部分也不算多。

老实说，北海道的登别温泉和阿寒的硫黄山，与这里比起来，反倒显得安详、幽静，成为风景。

当然，在这里看到久经风雪的地藏菩萨、碎石堆积的山头和供养死胎的风车等，确实能感受到灵场的沉重。

其实，这里也同时存在着美景，给人印象特别深的是宇曾利山湖和被叫作极乐滨的浅滩，那里给人以白沙美丽、植物茂盛的极乐净土的感觉，湖面清晰地倒映着周围山上的红叶。

没想到来到恐山，会赞赏这里的浅滩和红叶。可能这里既有灵场的静寂，又有可人的灵气吧。

令人遗憾的是，没有看见想要遇到的女巫。

原来女巫只在盂兰盆节和秋季庙会时来到山上，其他时间都驻扎在村落里。

据说女巫上山期间，观光客乘坐的汽车排成行，大家蜂拥而至，整个山麓非常热闹。

来到这里是选看女巫，还是选静寂呢？假如只是为了体验灵场的氛围，还是没有女巫的平日比较好。

准备踏上归程时，经寺院外的小屋，看到屋里有身着白衣的女巫模样的人。

我想赶紧请她施展巫术，但出租车司机说："那是无执照的女巫，不要找她！"

所谓的女巫竟有有无执照之别，看来这的确是一座令人害怕的山。

从札幌赴冲绳

我因有事要去札幌。

过去久住札幌时，初冬的这个时段最让我愁闷。

秋天已经结束，日历上标明已入冬，离下雪还有一段时间。常常是一直很晴朗的天空，突然开始阴天，下起雨夹雪来。

天空阴晴不定，气温越来越低。如果是向着春天迈进，那还可以容忍。然而，迎来的将是阴冷而漫长的冬天，心里就觉得郁闷。

十一至十二月，我总是带着这种不悦的心情度日。

然而，过去经历的痛苦的事情，往往会随着岁月的流逝，变为令人怀念的愉快的回忆。

比如年轻时遭受的磨难等。这些体验和回忆会成为当事者一生的精神财富，也会产生浪漫主义情调，作为令人愉快的回忆留在脑海中。

与之相似，自己相隔多年之后再去初冬的札幌，特别亢奋，心情平静不下来。

到了那里，见天空是浓阴欲雨的灰色，白天的气温在零度以下，入夜后，气温骤降，开始飘起雪花。

与万里无云的东京比，这里阴暗而冰冷，但具有明显的北国特色，令人郁闷。

故乡对自己确实没有关怀和体贴。

自己远道而来，却没有遇到风和日丽的晴朗，也没有感受到温暖。天空还是冬季的天空，时而寒风瑟瑟，时而雪花纷飞。

冷淡是北国的特色，是在告知人们现在是隆冬的入口——十二月。

只要关注到这一点，就不会介意天空的颜色和气温的差异。

只要记得这里是北国，就能理解灰色的天空是初冬的风情，刺骨的寒冷是大地的个性。

纷纷扬扬的雪花是上天馈赠的礼物，闪耀在雪夜中的灯饰则是冬天的风景诗。

这个季节的鳕鱼、鲽鱼等鱼类和贝类更加肥满，肉嫩味鲜。

在雪花纷飞的夜晚，可以把大衣领子竖起来，只身闯进小酒馆，对着老板喊一声："来一瓶烫热的酒！"这更是北国独特的乐趣。

想起往昔岁月，当晚便约老朋友一起喝酒聊天。我夸赞北国的风情，他慢慢地点点头，接着又嘟囔道：

"可是，这个季节还是令人讨厌啊。"

不知为什么，我的情绪一下子降到了冰点，便缓缓放下酒盅。一瞬间又突然意识到，自己不过就是个来这里暂居的游客。

久居这里的人和游客是不一样的，不宜说三道四。

对于一年一次或几次作为游客访问的人来说，这里的阴暗和寒冷都带有某种诗意；而对于久居那里的人来说，冬天的阴暗和寒冷是对人的摧残，只不过无法逃避罢了。

没想到自己忘记了感受各异，只是陶醉于自己的情感当中，不知不觉中成了一名任性的游客。

在札幌住了一宿后，第二天前往冲绳。

为了赶上下午三点开始的演讲会，我决定在早晨八点乘从千岁至东京的航班，到东京后再换乘飞机去冲绳。

昨夜大雪纷飞，道路已结冰，在高速公路上也要缓慢行车，自己离开札幌的旅馆的时间是上午六点十分。

雪是停了，但气温维持在零下三摄氏度。汽车沿着还在沉睡中的昏暗街道一股劲儿地朝机场行驶。

不过，路面有冰，司机不得不谨慎地驾驶车辆。

通常在刚开始降雪时，北国的汽车追尾事故最多，因而高速公路行车被限时速五十公里。

这是只看天气预报难以了解的北国特色。

用了差不多一个小时的时间到达千岁机场，飞机八点起飞，正是白雪皑皑的惠庭岳被旭日染红之时。到东京已是九点半，地面气温十度。

这里有着在札幌无法想象的温暖和明亮。

等了一个多小时后，登机去冲绳。航班晚点三十分钟，到冲绳机场已是下午两点十分。

路上花费了六个多小时，这么长的时间，终于到了"日本的夏威夷"。自己下机后边想边仰头看天，天有些阴，气温十六摄氏度。

从零下三摄氏度到十摄氏度，再到十六摄氏度，温度从北向南节节攀升。当然，有早上、中午、下午之别，不管怎样，札幌和冲绳的气温差了近二十摄氏度。

如果是在隆冬的话，会相差三十度摄氏左右。与其说日本幅员辽阔，不如说从北向南着实狭长，气温差异大。

自己以为大衣或厚一点儿的内衣在冲绳用不到，便从札幌寄回了家。轻装进入冲绳后，感到意外地凉爽，甚至感到一点儿寒意。

"从昨天开始刮风，气温下降了一些。"当地人说。这种寒意有违常规。

如果把十六摄氏度的冲绳说成冷，就会遭到昨夜在札幌一起喝酒的朋友的斥责。

十六摄氏度对于札幌来说，是初夏。

当然，身体感觉冷，也源于"冲绳应该是暖和的"这一错觉。

"冬天也就这样吧！"听人这样说，才知道冲绳也有冬天。

也许是心理作用，觉得冲绳的海也有些消沉，与期待的南国的蔚蓝大海相去甚远。

"明天天会晴吧？"

"大概没问题吧。"

果真如当地人所说，第二天天气十分晴朗，不少植物的叶子呈现出鲜亮的绿色。

"觉得好不容易来趟冲绳，天公应该助兴。"我这么一说，听者脸上露出了苦笑。

原来他也是游客。

关于贺年卡

每年都是从十二月中旬开始写贺年卡，但是有时进入第二年正月也写不完。

不知什么原因，自己收到的贺年卡多是还没向其贺年的人寄来的，必须将其区分开，再写姓名和住址，尽快发走。在这样的反复中，一眨眼十多天过去了。

结果从去年十二月中旬到今年一月中旬，脑子里总是想着贺年卡的事，这一个月成了自己的"贺年卡季"。

和收寄贺年卡有所不同，一般进入十二月，通知服丧的明信片就会多起来。

随着年龄的增长，收到的这种明信片也逐渐增多，自己是无可奈何的，但老实说，这是一种让人不太舒服的东西。

当然，发送的人可能更不舒服。

每当看到通知服丧的明信片，心里就想："大家是不是有点儿过于拘泥于服丧这件事呢？"

所谓服丧，一般是指安葬死者后的一定时期内，其近亲减少外出，停止娱乐活动，举止须谨慎。这背后是否有将逝者视为污秽之物并加以忌讳的心理呢？

明确地说，这种将逝者视为污秽之物的观点不值得赞赏。

这也许起源于古人，他们害怕尸身腐烂或因其得上传染病，故将尸身视作污秽之物，尽量回避。

像现在这样人死后马上火化，尸身与污秽之物相去甚远。

实际上，那些因心脏骤停而去世的人尸身十分干净，倒是那些照看尸身的人未必干净，不排除他们有传染可怕疾病的可能。

把死者看作污秽之物是活着的人的任意想象，是傲慢。

当然，服丧也有追忆去世的人、举止谨慎的意思。尽量不外出走动、节制参加华丽的仪式也是好事，当然也得有个限度。

人死后亲属一般连续七天居丧，然后服丧到四十九天。这期间赶到正月，就要回避正月活动。据说皇室的服丧时间更长，至少要一年。

服丧时间因与死者的血缘关系的远近而不同，一般亲子是一百天，兄弟是四十九天，表兄弟是七天。

不贺年可能是仿照这种规矩走下来的，只要家中有丧事，就会理所当然地不寄送次年的贺年卡。

问题是一般老百姓的服丧期有必要那么长吗？

说这样的话也许失礼。

有的人过年不寄送贺年卡，却在忘年会或新年会上大吵大嚷并大唱卡拉OK，说他正处于服丧期，令人难以置信。

当然，寄送贺年卡只是形式，不寄送也行。也许放弃这种形式比较好。

并不是说因此就怎么样，我在接到表明不寄贺年卡的明信片后，也会给对方寄送贺年卡。

理由是对方服丧，自己并不服丧，给沉浸在悲哀中的人发个开心的贺年卡，不算坏事吧。

再说，因对方服丧暂停发送贺年卡，第二年再给其发送也是很费事、很麻烦的。

因此，有的人在服丧期间收到贺年卡，请谅解！

现在，我寄贺年卡的速度明显落后了。

最大的原因是写在贺年卡上的贺词难以确定。

并不能只回顾前一年，有的叙述新年抱负，有的转达家属近况。

我本来就讨厌这种事无巨细的贺年卡：寄卡人去年几次想跨出国门，想要干什么事情，如何在新的一年奋勇前进，孩子要上大学，等等。我对诸如此类的事情不太感兴趣。

附带说一下，我也不太喜欢贴着全家合影的贺年卡。

可能发送者想表明自己有一个和睦、快乐的家庭，其实这种事情自我感受就行了，用不着大张旗鼓地昭告他人。

只简单相告一下本人的近况就足够了。

我近年发出的贺年卡上常写一首俳句。

前年和去年的俳句罗列如下：

匆匆迎元旦，新旧交替应反思，泾渭当分明。

元旦何以过，横卧床铺睡迷瞪，犹如大懒狗。

今年要仿照这个赶快写，但很难想起佳句来。

其一是因为"新春"或"元旦"属于季语，题材受到限制，又想营造热闹喜庆的氛围，佳句比普通句子难写得多。

还有，今年好不容易写了本爱情小说，想使用那种与感情相关的句子，这就更慢了。最后时限将至，昨夜好不容易想出来两句：

初春情意浓，缠绵悱恻心相照，眷恋犹依依。

初梦见慈母，神色俨然骂傻儿，可怜亲子情。

前者含有柔情蜜意，后者则具有真实感。

是用其中的一首，还是重新考虑新的？写完这篇稿子，必须马上定下来。

少用代名词

时间流逝得真快。

有多么快呢？就是回想起一件事，记不清那是去年的事，还是前年的事。

只过了一两年，很多事情就成为一团乱麻。

其实不仅是因为时光匆匆，记忆力的衰退也不能忽视。

两者都起作用，过去的很多事情正在从记忆里逐渐消逝。

对于健忘的人来说，只有一句安慰的话。

从现实来看，记忆力与年龄成正比。

人越是年轻，记忆力就越好。

对于幼儿园的四五岁顽童来说，新鲜事物会像海绵吸水一般注入大脑。

比如教这么大的孩子英语。

教他狗是"dog"、猫是"cat"，他很快就能记住。他的妈妈可能会很得意地说："我家孩子才四岁，已经学会了三十多个英语单词。"

然而，这年龄学东西，记得快是自然而然的。

如果记不住的话，就太无情了。

当然，他们对所教的内容只是囫囵吞枣，未必能理解。到了十二三岁，就会超越懵懂阶段，包括事物的多种概念都能记住，记忆力会达到高峰。

只要看到或听到一点儿东西，马上就能记住，而且记住的事情终生不会忘记。

正因为这样，这个年龄段不能让其无所事事地度过。

并不是说填鸭式的教学方式好，而是因为这个年龄段能记牢东西。

这并不限于学问，包括到户外去认识大自然或摆弄乐器，甚至可以在山野里到处乱跑，采摘树木的果实或拔草，也可以下河摸索如何巧妙地捉鱼。

总之，这个年龄段的人脑子灵、进步快，所做的事情会为其人生奠定基础。

确实是人生中最美好的阶段，这个阶段是积极学习，奋发向上，还是无所事事地度过，长大后会出现很大的差异。

据说人从十七八岁开始，记忆力逐渐下降。

还有一种说法是男人吸烟喝酒，导致记忆力下降；女人一谈恋爱，就没救了。其实，记忆力好坏与之无关。

就是戒酒、中断谈恋爱，记忆力也不会改善。人只要到一定年龄，记忆力就会下降。

其实，人在二十来岁时还不那么明显，到了三十来岁，记忆力就会出现一定程度的下滑。

到了四十来岁，记忆力就会出现雪崩式的下降。到了五十岁以后，脑子就像嘣的一声破了个洞，装进去的东西不断往下漏。

对此，聪明的人和拙笨的人一样，记性都在变坏。与脑子灵不灵光无关

我经常向村里的老人问一些情况，如果是五六十年前的事情，他们记得清清楚楚，着实令人钦佩，但问他几天前的事，他忘了。

别人告诉我妈妈电话号码，她会记在便笺上，但过后总是

忘记将便笺放在何处，而当时在一旁听到电话号码的孩子却能背出电话号码来。

因为年龄大了记忆力下降，一些固有名词会从中老年人的对话中消失，从而衍生出一些代名词。

比如说：

"哎呀，你那天跟那个人干那个了吧？"

如此说，在对方听来，有时根本不知道啥意思。

于是便问："你说的是哪天？"询问方可能也回答不上来。当他想搜索记忆时，对方觉得耗费时间，就不再追问是何时。

"你说的那个人叫什么名字？"可能这个也回答不上来，对方就不再问了。至于曾经干过什么，也无须探究了。

尽管这样，双方还是露出理解的表情并点头致意，这可能是中老年人对话的特征之一吧。

确实，记忆力减退与年龄相关。

如果人与人在体质上有差异，通过跑跑跳跳就能看出来，但脑子里的事难以在外面呈现，不好对付。

即使是记忆力很好的人，到了四五十岁，也会有切身的体会。

记忆力怎么也比不过年轻人。

正因为如此，上了年纪的人学东西是很费力的。童年上学晚绝不是好事情。

"年轻时要尽量用功，记牢一些知识！"这是上了年纪的人奉劝年轻人的话。

但是，年轻人往往对此不以为然，认为青春不会很快逝去，甚至会产生错觉：现有的记忆力不会发生太大的变化。

遗憾的是，这种感悟直到自己年长后才会产生。

确实，上帝富有讽刺意味地创造了人，仔细想想，这是人生的妙趣。如果人在年轻时会有老年的认知，刻苦地学习知识，这个社会也许会成为一个无聊的社会。

毕竟，人在不同的年龄段有不同的体悟，青少年在懵懂期发现不了自己的傻和笨，可以说是可怜又可爱。

不管怎样，自己尽量不用代名词。

作为新年的感想，我还是奉劝大家多多用脑。脑子灵活了，使用的代名词的数量就会减少。

与老友相会

来到札幌后过了很长时间，才跟老友们相会。

当年，他们是我在医学部的同级同学，如今年龄都已经超过六十岁了。

有的在医院工作，有的自己开诊所，中途转行的只有我一个。

尽管不是同行，但大家一见面，学生时代的事就复活了，很怀念。

过去很会作弊的同学和常在阶梯教室里打盹的同学，如今都当了院长。我想："这能行吗？"

其实，临床医学的实践经验远比学生时代的考试成绩重要，我的担心是多余的。

实际上，他们都是得到当地人信赖的名医。

一个自己开业的人邀请我"务必去家里"。

这是当年在医学部一起补考病理学的伙伴，没办法，只得随他前往。

我被领到了宽敞的会客室，很快就享用到了点心和抹茶。

然后又喝咖啡，边喝边谈，说了很多话。

学生时代的事没必要反复提及，说当下的事必然多一些。

他有两个孩子，儿子已经当了医生，在大学附属医院工作，迟早回来接他的班。女儿已经出嫁，好像最近刚生小孩。

十年之前见到伙伴们，多是说儿子或女儿考上了哪所大学，但随着年龄的增长，话题逐渐变了。

后来的话题变成了孩子从哪所大学毕业、在哪家公司上班或正在找工作之类，再后来就说孩子找对象的事。

甚至希望哪里要是有好的小伙子或姑娘，就给介绍介绍。

总之，主要是谈家庭的事，这倒无可指责，但老实说，也有点儿无聊。

虽说都是老朋友，但哪个人的孩子上了哪所大学、要和谁结婚，我都不感兴趣。

只想听他本人的事，而不是家长里短，对方絮叨个没完，自己却谈得不起劲。

人上了年纪，就容易絮絮叨叨，话题也被局限在孩子或家庭这样狭小的世界里，好像不谈个人的事就有点儿太寂寞。

不谈大事也行，起码要知道他现在热衷什么、今后想做什么等有关当下和未来的事。

我希望他谈自己，他好像有所察觉，便从沙发上站起身来。

"我有个东西务必让你看一下。"

他带我去了位于游廊前面的日光浴室。那里开着很多五颜六色的兰花。

在这埋在雪中的北国，很难看到如此生机盎然的景致。

好像他在十多年前就热衷于兰花栽培，现在莳养了若干品种的兰花。他耐心地告诉我每一种花的名字。

他是想让我参观他得意的花园，才把我领进来的。

我看了很多花，当然觉得很漂亮，但难以说很满足。并不是对他精心莳养的兰花吹毛求疵，只是觉得光看花提不起精神来。

这么说吧，在这之前，我见过另一个老友，他向我炫耀说自己收藏了北海道罕见的宝石，并邀我观赏。但无论让我看多么高级的宝石，俗气的我只是打哈欠。

我想了解的是他们今后想要干的事，而不是花和宝石。

比如说，当医生的，下次想要试验一种新疗法，或正在搞某方面的调查研究，或想创建怎样的医疗设施等。

我想听到像这样的积极的话语，似乎是不可能的。

不知他是否觉察到我的不满，问道："不少喝一点儿吗？"我觉得也行，正打算出门，他却说："我在上面搞了个房间，请看一看吧。"说完便领我上了二楼。

这是个可以坐七八个人的豪华房间，但坐在这样的地方，和他一起喝兑水的威士忌也没什么意思。

况且，给加冰的女招待将是她的老妻……

我感到厌烦，便借故推辞。正抬腿要走，却被对方拦住了："请等一下！"他的夫人怀抱婴儿在身后出现了。

看样是他的长孙，他边夸赞着"挺可爱吧"，边把婴孩递向我说："稍微抱一下吧！"

不要开玩笑。与其说我最怕抱小孩，不如说我非常讨厌这种事。

当下他强迫我抱那个孩子，我无奈地接了过来。他端起相机，冲我喊："来，看这边！"

够啦！这不强人所难吗？我瞅了一眼怀中的婴儿，根本谈不上可爱，头发稀疏，鼻子扁平，相貌丑陋。

我想尽快还回孩子，他却一个劲地照起相来。好不容易照完相，他伸手接过孩子，边说"哎呀，让爷爷抱！好！好！"边亲孙子的脸。

在这样的地方待久了，我会发疯，根本写不出有味道的小说。

心想："还是赶紧逃走吧！"便站起身来告辞。他怀抱着孙子，依依不舍地送到外面，并反复叮嘱："务必再来！"

他的好意我可以理解，但说实话，这次去他家我有点儿厌烦，不得不狼狈逃窜。过后，我产生了淡淡的孤独感。

可能源于自己爱写小说这种怪东西，和老朋友的这种相会好像很有疏离感。

看人还是看花

我为赏樱花再次来到京都。

上周来时含苞待放的樱花，现在已经花满枝头了。

京都的大街成了花的海洋。

伴随着绽放的樱花，到处人山人海。

京都的各条大街上都挤满了人，是名副其实的"人满为患"。

不过，京都这个周末的拥挤有些异样。

特别是在赏樱绝佳之处从平安神宫到以圆山公园为中心的东山一带，以及祇园新桥的白河沿岸，还有岚山等地，都被挤得水泄不通。人在其中，前行、后退都不能如意。

步行都这样，车子更难行驶。

在本来就很狭窄的公路上，来自日本各地的车辆挤成了一锅粥，连仅容单车行驶的小路上也停满了车。

司机倒是想得开，悠闲自在地静等。

因为基本上所有的市内观光车都不是"零散载客"，而是属于包租性质，故而无论怎么拥堵，他们都不在乎。

在乎的是游客，他们感到焦急和无奈。

有人花了三个多小时的时间，只看到了岚山。要说可怜，也确实是很可怜。

在这样的状态下，还是步行为好。

我离开依东山而建的旅馆，沿着水渠从南禅寺朝银阁寺方向，一步一步地向前走。

这样倒比乘车快。但无论走到哪里，都是人流如潮。

特别令人惊讶的是那个有名的"哲学之道"。

在那条狭窄的路上，与其说挤满了人，不如说人与人挤成了团，身体被推着走，一不留神就会走偏，掉入旁边的水渠里。

在这里，别说仔细观赏樱花，内心连一点儿淡定和从容都没有。

"哲学之道"摇身一变成为"拥堵之道"。

近年来，京都樱展也仿照一些寺院和神社的做法，在夜间用灯光点缀樱花，以此招徕观众，提高收入。尽管夜色苍茫，但人山人海，到哪里都拥挤。

我在春寒料峭的晚上，排队依次前行，好不容易看到一棵垂枝樱树，却被绳子拦住。工作人员提醒："哎，就到这里！"

这棵樱树要说漂亮也算漂亮，但我觉得"似曾相识"，进而产生"厌烦"的情绪。

我纳闷：人们就那么想看京都的樱花吗？这样的樱花让人向往，可能就是因为它是京都的樱花。

排队的人基本是从京都以外的地方来的，很多是所谓的从乡下来到大城市的人。

看到那排得很长的队，不由得联想起过去地方的武士和豪族，他们争先恐后地奔赴京都，想方设法地巴结朝廷的大臣。

当然，现下的"朝臣"是樱花。

白天看樱花，并无新奇之处，但若以寺院的门或塔为背景，其后又有绵延起伏的东山山脉，就会营造出一种异样之美。

灯光映照着眼前的樱花，由黑暗渐渐到明亮，垂枝樱的全貌尽显眼底，接着由明渐渐变暗，成为一团漆黑。

这算是技艺高超的演出，樱花的观赏价值进一步提高，引起轰动，从乡下来到大城市的人发出欢呼声和赞叹声。

这种用灯光提值的办法，有点儿与巴结朝臣相似。

话虽如此，观赏者过多，就会让人感到情趣大减。

最近贴在 JR（日本铁路公司）车站的广告是京都大泽池①畔的樱花彩照，上面写着"对啦，去京都吧！"。

被这个广告吸引到京都来，继而感到失望的人可能很多吧。

其实理由很简单。

那就是广告画面风景秀丽，既没有熙攘的人群，也没有嘈杂的声音，呈现出一派静寂。

而现实中的大泽池周边人山人海，人声鼎沸，再加上汽车喇叭声不绝于耳，让人感到很烦躁。

看起来，广告画面只展现出景色的秀丽，现实中的池畔则是摩肩接踵的另一个世界。

为了与现实相符，应该把人的脑袋或手脚加入画面。

---

① 大泽池：嵯峨天皇离宫的池塘，是日本较为古老的庭园池。

在广告语中，把"哇，漂亮！""可以来这里拍照！"等话放进去，并提及"嘟嘟"的汽车鸣笛声。

旁边再加上"这里热闹，来京都吧！"。如果这样，会有多少人来京都呢？

当然，樱花还是很漂亮的。

赏樱本应即兴而为，环境多少嘈杂一点儿，也能够忍受。

然而，如果神社和寺院过于嘈杂，就会使人感到厌烦，甚至感到气愤。

前些日子从京都顺便去奈良，想饱享大和^①春光，从二月堂到东大寺^②的时候，被卷进一个修学旅行的学生团体，游览平静春天的情绪被糟蹋了。

原本想等他们走了再进寺院，谁知他们人数众多，短时间内没有离开的迹象。无奈，只好跟随进门，急匆匆地看了看，然后赶紧离开了。

要是学生们没来，只有三三两两的来访游客，那该多好啊！可现实往往难遂人愿。

过去的朝臣们是在多么优越的环境中观赏樱花的呢？

---

① 大和：大和国是指日本古代的令制国之一，领域相当于现在的奈良县。

② 东大寺：华严宗的大本山，又称大华严寺，南都七大寺之一，位于奈良市。

可能会在令人倦怠的、淡云蔽空的午后翩然而至，樱花感到震惊，花瓣儿悄悄跑下来，洒落到水面上。

贵公子伫立在一旁，宫女在花下吟诵和歌，动听的琴声悠然飘扬。

如今的我们却如被押送的犯人一般，排起长长的队，被人训导着"请不要拥挤！"，入院后急急忙忙地观赏庭院里的樱花，然后快速离开。

鼻炎治不好

最近鼻子不舒服。

一直流鼻水，引得眼睛也充血，流眼泪。

以这样的状态见客人，大部分客人会推断说："可能是花粉症吧。"

然而，这不是花粉症。

如果是花粉症，一般是吸入了花粉才会发作。

按照现在的季节，柳杉、赤杨等可能飘落絮状物，但自己好像没去过这些树木多的地方。

当然，虽说身居东京，但也不能保证自己不患花粉症。

据说大城市患花粉症的人增多，与吸入汽车尾气等污染物有关。所以，人在都市也不能掉以轻心。

自己没去过柳杉或赤杨茂密的地方，应该不会患上花粉症吧。

还有一个理由可以判定现有的症状不是花粉症，那就是症状是伴随着轻微的感冒出现的。

四月初，天气一直很暖和，有一天却突然变冷了。

不凑巧，那天去京都，没带外套，感觉身上凉飕飕的，夜里又出去走了走，观赏了一下樱花。

从那天晚上开始，就感觉有点儿感冒，虽然没有发烧，但鼻子一直不舒服。

可能是被京都的气温骤降闹腾的。

我倒可以以此为风雅，但是长期持续下去，人会受不了。

从那至今已一个多月，还没完全好。

目前仍在吃药，因吃的药属于抗组胺药物，服用后身体很容易困倦，老想睡觉。

如果是在晚上睡觉前犯困那倒无碍，若在白天工作时犯困，那就不好办了。

不，如果睡一小觉，也不要紧，关键是睡醒了，大脑仍模模糊糊，如坠云里雾里。

起初自己按时服药，后来感觉不太起作用。

实际上是鼻子的黏膜过敏。

这种状态正是过敏性鼻炎。

人患感冒时，眼睛也好，鼻子也好，喉咙也好，首先出现症状的部位就是这个人最弱的地方。

不断咳嗽且怎么也止不住的人是喉咙和气管的黏膜弱，鼻子总爱呼哧呼哧的人是鼻腔的黏膜弱，眼睛睁不开并流眼泪的人是眼睛的黏膜弱。

我的鼻腔黏膜弱，一有点儿感冒，鼻子就会先受其害。

不管服什么药、打什么针，都不容易治好。

这样循环往复，慢慢就患上了过敏性鼻炎。

这让人感到很不舒畅，因为一旦患上过敏性鼻炎，就很难治好。

当然，药店里有各种各样的药物，但基本上都是所谓的对症疗法，咳嗽就给止咳药，鼻子堵塞就给通气药，只管一时。

换言之，就是药物在血液中的浓度一下降，症状就会复发，实际上是症状和药物此消彼长，互相追赶。

与其这样循环往复，不如采取根治疗法。

不仅能慢慢缓解外在症状，还能从根本上增强防御机能，不再出现反复。

即所谓的体质得到改善，据说遗传性过敏症和哮喘病都需要这种根治疗法。

但是，明确地说，这种疗法不易取得成功。

我这么说，也许会遭到医生的斥责，根治作为疗法表述得似乎很有道理，但实际上改善体质非常困难。

理由非常简单，我们历经漫长岁月形成的体质，不会因药物的吸收和注入而改变。

人的体质或身体的个性，是不会轻易改变的。

所以，遗传性过敏症和哮喘病患者都要认命，死了"能治好"的心吧！我这么说是残酷的，但现实是人类对付鼻炎等过敏症，在某种程度上是毫无办法的。

唯一的防范措施，就是尽量不要患上感冒。万一患上鼻炎，就要一边哄着它，一边巧妙地与之周旋，别无他法。

当然，人的体质并非绝对不能改变，这里就有一个不打针、不吃药，不用医生照顾的简单方法。

也许你会觉得不可思议：真有那么高明的方法吗？确实有。

比方说，女性通过体验初潮或妊娠分娩，体质一下子就会改变。

也许有人认为我是瞎说，但有不少过来人说自己随着月经初潮开始，哮喘好了……有人是分娩之后皮肤出现变化，遗传性过敏症不治自愈了。

看来，女性的身体会随着例假或妊娠等发生很大的变化。

反过来说，例假或妊娠会给女性的身体带来革命性的变化。

可是男人呢？男人的身体会不会也一下子发生变化呢？

不知是福是祸，男人的身体不会发生革命性的变化。

男人充其量只是在懵懂期声音发生变化，不会发生接近或超越女性初潮或分娩的大变化。

因此，男性在少年期得哮喘，长成大人后仍然会患哮喘，很难治好。

男人是可怜的。

虽不像女性那样有例假的烦恼，一生很安定，但体质也不会发生变化，这是多么枯燥无味啊！

所以，我的过敏性鼻炎很难治好。

只有等季节变化，慢慢平息吧。

尊严死或无知死

前些日子，人们在东京丰岛区的一所公寓里，发现一位七十七岁的老太太和她四十一岁的儿子死亡。

这两个人都很清瘦，根据老太太留下的绵绵诉说生活之苦的日记推断，两人是因生活困难缺少食物而死的。报纸上曾报道过此事，引起了众多读者的同情和落泪。

他们真的是饿死的吗？看了老太太留下的日记，会觉得死因稍微有点儿蹊跷。

某报纸在社会版刊登了这位母亲的八段日记。

报纸的右边横着写有《东京·池袋母子饿死 母亲凄切叙述都市生活的孤独》的标题，中间"用二十八日元什么也买不到""想自由地死"等大字很醒目，这些是援引母亲日记中的话。

虽然有点儿琐碎，但还是要介绍日记中的某些片段，以探究事情的真相。

一月十一日的报纸说：

"我有十年，儿子有十五年没洗过澡。我们过着别人不可能过的生活。衣服也有七八年没洗过，夜间照明只开小灯泡。"

三月八日的报纸这样记述：

"长期以来，我和儿子仅靠一点儿点心生活。一天挨一天地度日，眼看就要没吃的了。孩子想要什么，我让他忍着。我吃得比孩子少很多，饿得头昏眼花，他的痛苦更是难以忍受。兜里只剩下二十八日元，用这么点儿钱什么也买不到。"

也想过求助政府，但我们会被送到什么地方过集体生活，谁也不能理解我们，还是允许我们以自由的方式死掉吧！"

据说四年前，老太太的丈夫因哮喘去世，唯一的儿子患有不知名的疾病，一直在家卧床休息。

据报道，两人的生活费只有老太太每月不足十万日元的养老金，但他们租住的池袋公寓的租金为每月八万五千日元。

根据以上资料，如果是你，你会怎么处理呢？

假如入职考试出这样的题，你会怎么回答呢？特别是最难的大型报社的入职考试。

下面是我对该问题的回答。

老实说，我不能理解老太太的本意是什么。

不能理解的地方一共有三点：

第一点，既然两个人的日子这么难过，为何不去政府咨询和求助呢？

如果是在战时，那可以理解。和平年代各地都有民生委员，如果老太太去跟他们商量，很可能会获得生活补贴。

如果获得生活补贴，两个人的收入大致为每月二十万日元。不管怎样，每个月可以领到二十万日元的生活费。

第二点，患病的儿子（实际上已经是成人）的医疗支出。

这应根据病情采取方案。如果需要住院，治疗费和住院费都能免除。如果年迈的母亲不能护理，可以请人帮助，各区都有社会福利工作者。如果儿子恢复健康，他们还可以帮着找工作。

第三是老太太生活压力最大的房租。

自己每月只有十万日元的收入，房租却达八万五千日元，确实太贵。其实，这方面只要向政府求助，就会得到照顾；申请都营住宅，可以每月五万日元上下的房租入住。

而且，政府会给生活困难的人支付迁居用的酬谢金、押金和搬家费。

老太太的日记上说，若是求助政府，就可能被送到什么地方过集体生活，纯粹多虑，或者说是误解。

写到这里，你就会明白，老太太并不了解国家关于面向穷困者的最低生活保障、医疗补贴等扶助政策。

然而，这直接关乎自己和儿子两个人的生死存亡。

再怎么无知，也应该动动脑子，想想办法，咨询一下国家政策。她不这么做，也许是因为她是个自尊心很强的人。

实际上，这种个性从"还是允许我们以自由的方式死掉吧！"这句话里就能窥见。

看来这是个不愿受人照顾、自尊心很强的大婶。

假如他们是因此而选择死亡的话，死因应与行政的滞后、社会的冷漠关系不大。他们的死，是贯彻了自己意志的自杀。

不管怎样，他们的死与纯粹的饿死有所不同。

为何这样说呢？所谓饿死，是没有任何食物，吃过所有能吃的东西，最后营养失调，衰弱而死。

那种凄惨的景象，凡是经历过战时和战后的粮荒时代的人，都看到过。

由此来看，母子二人并非因饥饿而死。如果硬要说死因的话，应是尊严死或无知死，或者说是因为厌世而自寻短见。

然而，报纸上硬说是饿死的。

是否是因为年迈的老太太和生病的儿子一同死去，认为可怜，令人同情，新闻记者便写出了引人流泪的故事?

即使你毕业于一流大学，入职考试通过了这道难题，但只要不了解离世之人亡故的动因，就难免产生困惑。

治愈萧条的良药

最近，日本的经济很不景气。不少大型银行和证券公司倒闭，不良债务的处理没有丝毫进展。随着金融业的衰败，民众的不安情绪增长，人们持币待购，市场消费越发低迷。

这是进入平成①时代以来的大萧条，经济发展走进了预料不到的死胡同，谁知今后会什么样呢？

想要从这样的状态中摆脱出来，该怎么办呢？

可能大家都在认真地思考这个问题。我也不例外，也在思考摆脱萧条的良策。

当然，我不是经济学家，难以用大量的数据和理性的推论来说明问题。

---

① 平成：日本第一百二十五代天皇明仁的年号，使用时间为1989年1月8日—2019年4月30日。

自己只是突然想到一个方法，来应对这种前所未有的大萧条，这就是伟大的恋爱。它是拉动消费的有效手段。

我这么说，肯定会遭到额头上青筋暴露的道学家模样的大叔和干事模样的大婶的斥责：你是想趁着《失乐园》的推出，劝人随便恋爱，甚至纵容婚外恋吗？对此，我早已做好思想准备。

我考虑的是摆脱萧条的有效方法，不会屈从无聊的枉议或非论。

现在是非常时期，考虑通常的应对措施于事无补。非常时期应采取非常手段。

这是我提出"恋爱是治疗萧条的特效药"的根由，比"大风刮来个聚宝盆"还要简单。

首先是社会上的情侣增加，自然而然地，这些人就会产生各种开销。

女人在和男友幽会之前，不仅心怦怦直跳，而且刻意打扮，穿漂亮的衣服，拿雅致的包包，戴时髦的耳环和项链，涂抹高档的化妆品。男人也会身着高级西装，戴高级领带，穿高档皮鞋。如果东西不合心意，他们会立即补齐。

男女幽会的场所也会选择有情调的西餐馆，男人在虚荣心的驱使下，会点豪华丰盛的饭菜，喝比平时贵出一两倍的葡萄酒。

用完餐会去时髦的酒吧，而且档次不会低。

两人交换的圣诞节礼物，也是档次高、包装精美。

仅到这里，一对情侣所花费的钱有多少呢？

用不着仔细计算，大概是一笔不小的支出。要是普及到全国各地，消费市场必然会起死回生。

当然，为了恋爱，情侣会各自花一些钱，这些钱之前大多是存在银行里的。因恋情而花了用不着的钱，在经济上是有效利用。

这些钱用到别处，消费者可能不是很痛快，对此却是欣然使用，所以消费者的满足感很强。

在这里，我早已做好被一本正经的大叔或大婶斥责或批评的准备，他（她）们会说：已婚的正经夫妇基本不花这样的钱。

有人说，婚姻是爱情的延续，也是亲情的开始。恋爱时激情奔放的两个人，一旦走进婚姻，就容易趋于平淡，不再热衷梳妆打扮，很少去漂亮的西餐馆享受浪漫，偶尔到家庭餐馆凑合着改善伙食。

两人计划去什么地方旅游，到了付费时就会觉得花钱有点儿可惜，会改成在居住地附近转转，住二流的旅馆。也可能哪里也不去，就在家里待着。

尽管经济上比较富裕，但想到之前的房贷或将要生小孩的费用，就会倾向于攒钱。

有时妻子会因讨厌这样的小气而发牢骚，但丈夫充耳不闻，认为"不为钓到的鱼提供鱼饵"，仍无所事事地睡大觉。

纵然是过圣诞节，互赠的礼物也只是徒有形式的便宜货。

这样的夫妻的消费和处于恋爱状态的情侣相比，差距一目了然。

可以说，稳健的夫妻一般不会乱花钱，市场越低迷消费越收缩，对市场回暖基本上起不到拉动作用。

可能有人会说，不是那么回事。稳健的夫妻到企业会认真工作，产品的数量和质量都会提高，经济会进一步增长。

然而，现实令人遗憾，现在的日本是生产力过剩。

大量的成品源源出厂，但市场上没有消费需求。

部分商品暂时被转入国际贸易领域赚取外汇，但是输出量有限，有时还与商品进口国产生摩擦。况且当下东南亚各国的经济也不景气，故而出口贸易难遂人愿。

这种时候，特别需要拉动内需，刺激国内的消费。

我想，根据以上所述，您应能理解热恋中的情侣的增加，对拉动消费是一种有效手段。花钱的人会开心，而且觉得人生有意义，社会会显现生机和活力，经济会成长。

附带说一下，我确定在明年的贺年卡上写如下俳句：

欣然迎元旦，缠绵悱恻失乐园，屏息不出声。

后记

本书由一九九五年夏至一九九八年初夏，连载于《现代周刊》的"像风一样"的系列作品选编而成。

说真的，自己在此期间遇上《失乐园》出版之后的所谓"失乐园热"，又被各种杂事缠绕，没有汇编成书的东西很多。

我自己有所介意，也有读者来信问："这个时期的东西为何不都收进书里呢？"于是，决定将其汇编成书，所纳入的一些随笔是第一次以书的形式出版。

当然，因为时间间隔了三年多，有些时事性的东西并未纳入，纳入的都是与岁月关联不大的东西，这样可以使读者读起来没有违和感。

到今年八月，连载"像风一样"已面世五百次，这是出版的第七本书。如果读者喜欢，自己不胜荣幸！

渡边淳一

一九九九年九月